*Über das Buch und den Autor* Moritz Heimann, viel verehrt, niemals »populär«, hat die deutsche Literatur von der Jahrhundertwende an nobel beeinflußt: zuhörend und zusprechend, anleitend und fördernd als beispielgebender Lektor. Seine Essays, Feuilletons und Kritiken, oft aphoristisch zugeschliffen, beglaubigen die Eigenheit seiner Bildung, seines Denkens und Vermittelns. Als Dramatiker setzte er sich nicht durch. Er besaß aber Stoffe und Stärke des genuinen Erzählers. Er war in harmonischem Kontrapunkt zugleich Märker, Preuße, Deutscher, Jude. So schöpfte er aus tiefer Erfahrung von Landschaft, Lebensluft, menschlichen Gestalten seiner märkischen Heimat, so erreichte seine erzählerische Kunst ihre höchste Feinheit, Anschaulichkeit, Eindringlichkeit in märkischen Novellen, deren drei bedeutendste dieses Buch neuen Lesergenerationen bietet. Es erscheint zum 125. Geburtstag des Autors. Am 19. Juli 1868 im märkischen Dorf Werder bei Müncheberg geboren, wuchs Moritz Heimann in Kagel, Kreis Niederbarnim, auf, Schauplatz dieser Novellen. Seine Eltern hatten in diesem Dorf einen Gemischtwarenladen und ein Häuschen. Dorthin kehrte er immer wieder zurück. 1895 wurde er Lektor und engster Mitarbeiter des Verlegers S. Fischer in Berlin, wo er am 22. September 1925 starb.

›Wintergespinst‹, »eine Knabentragödie aus der naturalistischen Schule« (de Bruyn), ist eine genaue und unerbittliche Dorfgeschichte. Heimann stellte ihren Titel über den zehn Novellen enthaltenden vierten Band seiner ›Prosaischen Schriften‹ (1918); sie stand schon 1905 in ›Gleichnisse. Drei Novellen‹. – ›Die Tobias-Vase‹, illusionslos, doch heller, sommerlich, durchwirkt von Geist und Ästhetik der Zeit, wurde zuerst im März-Heft 1905 der ›Neuen Rundschau‹ gedruckt, dann in dem Band ›Novellen‹ von 1913, in der Ausgabe von 1918 und 1965 in der S. Fischer-Anthologie ›Der Goldene Schnitt‹. – ›Dr. Wislizenus‹ erschien 1913 im Juni-Heft der ›Neuen Rundschau‹ und im Band ›Novellen‹, 1918 im Sammelband – von Thomas Mann »ein Meisterwerk« genannt, »welches an menschlichem Wissen und an ernster Kraft, es auszudrücken, keiner zeitgenössischen Erzählung weicht«.

Günter de Bruyn, 58 Jahre jünger als Heimann, Autor u. a. von ›Märkische Forschungen‹, ›Zwischenbilanz‹ und ›Mein Brandenburg‹, ist dem Erzähler der ›Märkischen Novellen‹ im Wortsinn auf der Spur, wahrt kritischen Abstand und weiß sich nah.

MORITZ HEIMANN

# MÄRKISCHE NOVELLEN

WINTERGESPINST
DIE TOBIAS-VASE
DR. WISLIZENUS

EINGELEITET VON
GÜNTER DE BRUYN

FISCHER TASCHENBUCH VERLAG

Frontispiz: 1911.
Fotografie von Gertrud Heimann,
geb. Marschalk

Lektorat: J. Hellmut Freund

Originalausgabe
Veröffentlicht im Fischer Taschenbuch Verlag GmbH,
Frankfurt am Main, Juli 1993


Umschlaggestaltung: Buchholz / Hinsch / Hensinger
nach ›Märkische Landschaft‹, Ölskizze von Fritz Heimann.
Fotografie: Peter Cürlis
Gesamtherstellung: Clausen & Bosse, Leck
Printed in Germany
ISBN 3-596-11776-3

*Gedruckt auf chlor- und säurefreiem Papier*

# INHALT



## MÄRKISCHE NOVELLEN

GÜNTER DE BRUYN

# IM SCHATTEN DER EIGENEN BEDEUTUNG

## *Moritz Heimann – ein jüdischer Autor der Mark*

### I

Das Jüdische und das Märkisch-Preußische in Moritz Heimann lebten miteinander in seltener Harmonie. »Es ist nichts Unnatürliches darin, seine Bahn mit zwei Mittelpunkten zu laufen; einige Kometen tun es und die Planeten alle«, lautet ein Aphorismus von ihm.

Auch sein Schaffen kreiste um zwei Mittelpunkte: die Lektoratsarbeit und das eigne Schreiben, doch ist nicht anzunehmen, daß das ebenso problemlos geschah. Denn die Erfolge, die er als Lektor erzielen konnte, blieben ihm als Autor versagt. Zwar wurden seine Werke von Kennern gepriesen, aber die Öffentlichkeit nahm wenig Anteil daran. Seine Theaterstücke kamen selten auf die Bühne, seine Erzählungen wurden vergessen, und mehrfache Versuche, seine Essays durch Neudrucke in Erinnerung zu bringen, fanden nicht die erhoffte Beachtung.

Als Siegfried Jacobsohn 1918 sechs Seiten der ›Weltbühne‹ mit Glückwünschen zum 50. Geburtstag Moritz Heimanns füllte, waren die Gratulanten natürlich bestrebt, neben dem Lektor auch den Autor zu rühmen, doch fehlte dabei selten der Hinweis auf die mangelnde Resonanz seines Werks. Thomas Mann hielt es für nötig, die Öffentlichkeit auf eine von Heimanns Novellen, die er ein Meisterwerk nannte, aufmerksam zu machen; Hermann Stehr glaubte, sich die Erfolglosigkeit durch Heimanns »höchste Kultur des Intellekts«, seine Vorurteilslosigkeit und Vornehmheit, die es immer schwer hätten sich durchzusetzen, erklären zu können; und Jakob Wassermann hielt die Stille, die um dieses hochrangige Werk herrschte, seinem Wesen für angemessen, für einen Teil seiner Natur.

Pflichtschuldig lobte man also den Autor, fühlte sich aber sicherer in der Lobpreisung des Lektors; denn dessen Arbeit kannte man besser und hatte von ihr profitiert. Für Martin Buber ist er der »sokratische Jude«, dem nie eine vorgefaßte Doktrin den Blick auf den Wert des einzelnen Kunstwerks verstellte. Jakob Wassermann preist ihn als »Wegweiser, Pfortenöffner, Beruhiger, Befeuerer, Lehrer, Freund von so Vielen«. Andere nennen ihn den obersten »Richter der Dichter« (Julius Elias), den »unaufhörlich von seinem Überfluß verschenkenden Weggenossen« (Arthur Holitscher), und für Peter Altenberg ist er nicht nur der »ideal-bescheidene Kapellmeister des Elite-Orchesters S. Fischer«, sondern auch der »Feldherr«, der aus seiner »verdeckten Stellung« den Kampf um die Moderne zum Siege führt. Thomas Mann rühmt an ihm (man möchte sagen: bezeichnenderweise) auch sein edles Aussehen (»das graue sinnende Auge unter den dicken Brauen, die mächtige Adlernase, den geräumigen, geistreich beweglichen Mund«), und er kann nicht umhin, noch im höchsten Lob auch sein Vorurteil auszuspielen, indem er ihm bescheinigt, »daß er die Geistigkeit seiner Rasse auf die schönste und männlichste Art vertritt: eine Geistigkeit, die sonst oft auch als eine gewisse weichliche Verschwommenheit und Mystik erscheint, in seinem Falle aber zu jener humanen, gütigen Klugheit wird, die man Weisheit nennen darf und die den höchsten und besten jüdischen Typus macht«.

Sie alle aber, die Gratulanten, und später die Nachruf- und Memoirenschreiber, rühmen an ihm auch Tugenden, die man sich angewöhnt hat, preußisch zu nennen: selbstloses Dienen, Treue und Disziplin.

2

Die Löcknitz, nach Fontane das reizvollste und unbekannteste jener Flüßchen, die grüne parkähnliche Streifen durch die trockenen märkischen Wälder winden, fließt, aus der Gegend um Müncheberg kommend, in vielen Biegungen nach Südwesten und mündet nahe der östlichen Stadtgrenze Berlins in den durch Gerhart Hauptmanns Novelle ›Fasching‹ bekannten Flakensee, der sein Wasser bei Erkner in die Spree ergießt. Nicht weit von einem der Quellgebiete der Löcknitz, dem Roten Luch, ist Moritz Heimann 1868 im Dörfchen Werder geboren, doch aufgewachsen weiter unten, am Mittellauf des Flüßchens, im Dorfe Kagel, wo seine Eltern, die einen Gemischtwarenladen betrieben, ein Haus erwarben, das er sich sein Leben lang als sichere Zuflucht erhielt. Hier, wo die Mark, wie er meinte, am märkischsten war, wo er »die Tages- und Jahreszeiten von Dorf und Dorfjugend als ein derber, untersetzter, kräftiger Bursche« mitlebte, mit den Bauernkindern die Schulbank drückte, auf der ungepflasterten, »von Wagenspuren durchschlängelten Dorfstraße« spielte, beim Viehhüten half und unter den Weidenwurzeln am Ufer des Baberowsees nach Krebsen jagte, bis der allabendliche Ruf der Mutter: »Kinder, die Füße waschen!« der Freude ein Ende setzte. Hier fühlte er sich immer hingehörig; hierhin flüchtete er am Ende, als ihn Krankheit zum Ausscheiden aus der Verlagsarbeit zwang.

Kagel meinte er, wenn er den Ausdruck Heimat benutzte. Eine seiner autobiographischen Skizzen hat er, beileibe nicht unbedacht oder unbefangen, mit diesem Begriff überschrieben. Andere heißen ›Das Haus‹, ›Die Kastanie‹ oder auch ›Erdkunde‹, und wenn sie auch mit Weltkarte und Globus, China und Indien, den klassizistischen Säulen vor der Berliner Nationalgalerie oder gar mit dem Satz: »Man sollte seiner Heimat nicht allzu treu sein«, beginnen, so führen sie doch alle auf scharfsinnig verschlungenen Gedankenpfaden zielgerichtet nach Kagel und an die nahe Löcknitz, zu dem bescheidenen Haus inmitten des Dorfes, gegenüber der Kirche, zu der großen Kastanie vor der Schmiede (die in Hauptmanns ›Rotem Hahn‹ eine Rolle spielte), zu dem Gasthaus, das manchem Bauern zum Unglück wurde, zu Sandwegen, die über Felder auf den Bahnhof zugehen, zu Pappeln, deren Blätter im Herbstwind zittern, zu den Wäldern und den zwei das Dorf flankierenden Seen. Dorthin floh er sooft er konnte, wenn Berlin ihn sich selbst zu entfremden drohte. Aber nicht als Urlauber kam er, sondern als Eingesessener. Verhaßt war ihm ein »Ferienverhältnis zur Natur«, wie er das nannte und damit wohl ein sentimentales meinte. Ihm war es ernst mit der Landschaft, dem Dorf und den Dorfleuten, deren agrarische Lebensform er als Gegensatz zur industriellen und großstädtischen erkannte und klar zu analysieren vermochte. Mit einem Teil von sich blieb er dem Ort verhaftet, wo er sich und die Welt und das Schöpferische in sich entdeckt hatte, und wo allein Sicherheit war – oder zu sein schien.

Das Bild vom Kreisen der Lebensbahn um zwei Mittelpunkte ließe sich also auch topographisch benutzen: der Jude und Preuße, Autor und Lektor war mit gleicher Intensität sowohl der Groß- und Hauptstadtbewohner, der im Verlag in der Bülowstraße der literarischen Welt (und zwar nicht nur der deutschen, sondern auch der österreichischen und skandinavischen) als maßstabgebender und wohl auch mächtiger Gutachter und Richter wirkte, als auch der Dorfbewohner, der Heimatverbundene, der Natursüchtige, der zur Weltabkehr und zur Einsamkeit neigte, aber auch deren Gefahren kannte – eine Gestalt also, die dem gängigen Klischee vom wurzellosen jüdischen Großstadtintellektuellen zuwiderläuft.

Zur märkischen Ländlichkeit hatte Heimann kein sentimentales, sondern ein existenzielles Verhältnis. Er schrieb keine schönfärbenden oder mystisch verdunkelten Bauerngeschichten, mit denen die völkischen Literaten große Teile des Lesepublikums damals für sich gewinnen konnten. Sein Blick für Realitäten wurde durch Heimatliebe in keiner Weise getrübt. Ein aus aktuellem Anlaß geschriebener Essay, der die Überschrift ›Dörfliches‹ trägt, zeigt seine Sicht auf die ländlichen Dinge. Bevor er zu den Reichstagsdebatten über Agrarpolitik kommt, sagt er Grundsätzliches über die Landleute, und er erinnert dabei an ein Kapitel aus den ›Wanderungen durch die Mark Brandenburg‹ von Fontane (über den er an anderer Stelle sagt, er werde mit einer Liebe geliebt, die nicht den Respekt ersetze, sondern sein Ausdruck sei). Stundenlang wird da durch ausgedehnte Kiefernwälder gefahren; plötzlich endet der Wald, und hinter sandigen Feldern zeigt sich ein Dorf in unendlicher Stille, dessen Anblick nur das Gefühl tiefsten Friedens auslösen kann.

»Zufällig kannte ich dieses Dorf«, heißt es bei Heimann. (Es war zwar nicht Kagel, aber der von der Löcknitz durchflossene Nachbarort Kienbaum.) Und nun zählt er alles auf, was dem Eindruck von Dorfidylle widerspricht. Das beginnt bei Wilddiebereien, Brandstiftungen und Meineiden, reicht von Kindesmißhandlung und von zerstrittenen Ehen, die durch Selbstmord des einen Teils enden, über die mörderische Behandlung von Landarbeitern bis zu Betrügereien, Härten, Tücken und Unversöhnlichkeiten verschiedenster Art. Wo der Friede hier sei, fragt er, und antwortet: nirgendwo unter Menschen, am wenigsten aber im Dorf.

Und dennoch: Wer dieses Bild einer Idylle, das niedrige Dächer, Rittersporne und Stockrosen im Garten, die Myrte am Fenster, der Hahn auf dem Kirchturm und das Läuten am Abend erzeugen, völlig verwerfen wollte, weil ein hinkender Teufel die Dächer aufdecken und Neid, Haß und Trug sichtbar werden lassen könnte, »dürfte sich eines unbestocheneren Blickes in das Leben ganz und gar nicht rühmen. Denn er wäre – wie ein umgekehrter Gemeinplatz auch nur ein Gemeinplatz ist – selber ein umgekehrter Sentimentaler, indem er den Irrtum beginge, aus dem Idyll Folgerungen und Forderungen auch der moralischen Idyllität herzuleiten.« Wer die Menschen, in denen nun einmal das Böse wohne, erkennen und auch ertragen wolle, dürfe sich nicht mit der Sicht auf die Nachtseite allein begnügen. Er müsse auch das andersgeartete Arbeitsleben der Bauern bedenken, das den Hof zur Welt und zum moralischen Maßstab mache, weshalb die Idylle nicht bloßer Augenschein, sondern auch Daseinsform sei und ihre Bewohner, durch alle Bosheit und Stumpfheit hindurch, präge, sie nicht unschuldig oder auch nur besser mache, ihnen aber einen ruhigeren, stetigeren Lebensrhythmus als den der Stadt aufzwinge, der, dem Wechsel der Jahres- und Tageszeit folgend, Natürliches hat.

Ein extremer Naturschwärmer ist Heimann nicht. Er ist überhaupt gegen Extreme. (»Die Wahrheit liegt in der Tat zwischen zwei Extremen, aber nicht in der Mitte«, lautet einer seiner Aphorismen, und der Skeptiker meint damit wohl auch, daß sie sich bewege, also nicht zu fixieren sei.) Von der Naturvergottung, wie sie zu seiner Jugendzeit im nahen Friedrichshagen, besonders von Bruno Wille, betrieben wurde, ist er so weit entfernt wie die Aufklärung von der Romantik. Natur zieht ihn an, hat für ihn aber, wie besonders seine Novellen zeigen, als Gegensatz zur Kultur auch bedrohliche Züge; andererseits aber wird sie von den Menschen bedroht. Er wird erschreckt von der Technik, die sich überall breitmacht und ihm die Heimat entfremdet. Da wird die Löcknitz kanalisiert und verbreitert; die Dorfstraße wird erhöht und gepflastert; die alten Kastanien vor der Schmiede müssen Elektroleitungen weichen; und die klare Horizontlinie über den Feldern wird durch die aufragenden Schlote der Rüdersdorfer Kalkwerke zerstört.

Die Kalk- und Zementindustrie wird dem mit der Dorfgeschichte Aufgewachsenen zum Gleichnis. Im Mittelalter haben die Zisterziensermönche vom Kloster Kagel in Rüdersdorf mit dem Kalkabbau begonnen. Jetzt ist das Kloster, wie die Sage es will, im Baberowsee versunken, die

Industrie aber ist selbständig geworden, riesenhaft angewachsen und bedroht Landschaft und Dorf.

Die Bedrohung durch Antisemitismus fehlt in dieser Heimaterfahrung. Die Heimanns, die streng nach ihren religiösen Gesetzen lebten, waren die einzigen Juden in Kagel, aber sie waren nicht »fremd im gemeinen Sinne«, vielmehr wurde insbesondere der Vater, »von Jungen und Alten« nie »anders als mit ehrender Liebe« gesehen.

Fast beiläufig erzählt Heimann das, als ob er daran nichts Besonderes fände. Sicher wäre das anders gewesen, hätte er noch das Jahr 1933 erlebt.

## 3

Obwohl der Krämerssohn sich wohlfühlte unter den Bauernjungen, unterschied er sich doch im innersten Wesen von ihnen und wußte sich isoliert. Er litt an Alpträumen, Schlafwandel- und Starrsuchtanfällen, wovon die anderen nichts ahnten und auch nichts wissen durften; sein Intellekt war früh ausgebildet, und die jüdisch-orthodoxe Erziehung, die auch zur Folge hatte, daß er andere Feiertage als seine Spielgefährten beachten mußte, hatte auch sein Gefühl für Sprache geschärft. Schon vor seiner Schulzeit konnte er lesen und schreiben. Der Zehnjährige beschloß, ein Dichter zu werden, und als er das Gymnasium, in Schneidemühl, abgeschlossen und ein philosophisch-philologisches Studium, in Berlin, abgebrochen hatte, kehrte er heim nach Kagel, bildete sich autodidaktisch weiter und machte seinen Kindheitsentschluß wahr. Er schrieb Theaterstücke, und Otto Brahm, an den er sie schickte, entdeckte in ihnen Talent. 1894 lernte der Theatermann Heimann persönlich kennen, nannte ihn (in Briefen an Georg Hirschfeld) einen »interessanten Kerl«, der auf seinem Dorfe sitze, Berlin nicht ausstehen könne, »mit brennenden Augen« die gesamte moderne Literatur verschlinge, Vegetarier sei und wie ein

»jüdischer Tolstoj« wirke: »Etwas verdreht... Vielleicht mehr Verstand als Poesie.«

Das dritte Stück Heimanns, ›Der Weiberschreck‹, eine etwas fade Komödie, brachte Brahm im nächsten Jahr auf die Bühne. Es wurde ein erster Reinfall, den der Verfasser aber nicht miterlebte; denn er blieb am Premierenabend auf seinem Dorf. Im selben Jahr aber wurde über sein weiteres Leben entschieden. Durch Brahm kam er im Winter 1895 mit Samuel Fischer, dem wichtigsten Verleger der Moderne, zusammen; und bis zu seinem Tode kam er von ihm nicht mehr los. Schon bei der ersten Begegnung fragte Fischer den jungen Autor, der alles kannte, was der Verlag in seinem ersten Jahrzehnt gedruckt hatte, ob er als Lektor bei ihm eintreten wolle, und bewies damit sein Gespür für literarische und menschliche Qualität.

Dreißig Jahre währte dieses Arbeits- und Freundschaftsverhältnis. Der Einzelgänger vom Lande wurde S. Fischers wichtigster Mitarbeiter, nicht nur Lektor, sondern auch literarischer Leiter, eifriger Beiträger der verlagseigenen Zeitschrift ›Neue deutsche Rundschau‹ (später ›Die neue Rundschau‹), Entdecker und Förderer unbekannter Talente, den bereits Arrivierten ein kritischer und toleranter Berater – und schließlich, nachdem er 1902 Gertrud Marschalk geheiratet hatte, auch noch Schwager zweier seiner Autoren. Kennengelernt hatte er seine Frau im Hause ihres Bruders, des Komponisten und Musikkritikers Max Marschalk, der in der Friedrichstraße (Ecke Jägerstraße) neben einem photographischen Atelier einen literarischen Salon führte und der insgesamt vier Schwestern hatte, die auch von Max Halbe und Richard Dehmel umschwärmt wurden. Die älteste, Mathilde, blieb ledig, die jüngste, Margarete, wurde die zweite Frau Gerhart Hauptmanns, und Lisbeth, die zweite, heiratete Emil Strauß.

Aus der glanzvollen Geschichte des S. Fischer Verlages, der in diesen Jahrzehnten weitgehend die neue Literatur repräsentierte, ist die Lektoratsarbeit Heimanns nicht wegzudenken. Die Korrespondenz, die er mit dem Verleger führte, wenn dieser auf Reisen war oder er selbst in Kagel weilte, macht seinen Einfluß auf die gesamte Verlagspolitik deutlich. Für viele wichtige Werke hat er, immer im Hintergrund bleibend, tatsächlich die Pforte zur Öffentlichkeit und zum Ruhm geöffnet. Überschätzt hat er manche Autoren (Hermann Stehr, Emil Strauß beispielsweise, und auch Gerhart Hauptmann, den er, wie ganz Deutschland damals, auf den obersten Platz in der literarischen Rangliste setzte); Irrtümer, die ihm selten passierten, konnte er (wie im Falle der ›Buddenbrooks‹, die er zu kürzen vorschlug) auch korrigieren; meist aber hat er Literaturqualitäten (bei Robert Musil zum Beispiel) sofort als solche erkannt. Das Vertrauen, das er bei den Autoren genoß, und die Ausstrahlung, über die er verfügte, werden aus vielen Memoiren und Briefen der Zeit ersichtlich. Gerhart Hauptmann, der zur Zeit seiner ersten Erfolge auch an der Löcknitz, in Erkner, wohnte, hat ihn im ›Roten Hahn‹ (in dem Heimanns Erfahrungen aus Kagel und Kienbaum verwertet wurden) als Dr. Boxer verewigt; Hugo von Hofmannsthal, der sich 1903, nach einem ersten Besuch in den Verlagsräumen der Bülowstraße, wienerisch-umständlich für die Nichtbeachtung des bedeutenden Lektors entschuldigt hatte, erklärte ihm nach zehnjähriger Zusammenarbeit, daß er ihm »von Jahr zu Jahr wichtiger und wohltuender« werde. Alfred Kerr hat ihn, mit Spott zwar, aber auch mit Respekt, als »lector Germaniae« bezeichnet; und Jakob Wassermann, wohl der dankbarste seiner Autoren, hat ihn in seinem Roman ›Der Fall Maurizius‹ in der verehrungswürdigen Gestalt Melchior Ghisels auftreten lassen, und er hat in seinen ›Selbstbetrachtungen‹ ausführlich von der fruchtbaren und wohltuenden Zusammenarbeit mit Heimann, dem er »wahrhaft magischen Einfluß auf die Gemüter« zuschrieb, erzählt. »Aus seinem Lektorenamt«, heißt es dort, »hatte er eine Stellung von weitreichendem geistigem Einfluß gemacht... Wenn man zu ihm in die Wohnung kam, saß oft ein halbes Dutzend männliche und weibliche Autoren um ihn herum, auch Maler, Musiker, Philosophen; Leute aus allen Teilen des Reichs oft, die sich eine weite Reise nicht verdrießen ließen, um ein paar Stunden mit ihm beisammen zu sein. Er war Präzeptor im wahrsten und umfassendsten Sinn, durch Neigung und Gabe, durch Bestimmung und durch sein Herz... Die Schönheit des Heimannschen Charakters... zeigte sich vor allem in seiner freudigen und stolzen Befriedigung, wenn ich (oder auch ein anderer seiner Freunde) mit einer neuen Arbeit bei ihm erschien, damit er sie höre und begutachte. Da wurde nichts auf die lange Bank geschoben, es gab keine Abhaltungen, keine wichtigen Geschäfte; körperliche Indispositionen, an denen er häufig litt, in den letzten Jahren immer mehr, erklärte er einfach für nicht störend... Die Art, wie er zuhörte, ist mir vollends unvergeßlich. Er war still wie eine Pflanze. Er verwandte kaum einen Blick vom Gesicht des Vorlesers. Er war ganz Auge, ganz Ohr, ganz Hingebung, ohne eine Sekunde zu erlahmen, auch wenn es Mitternacht, wenn es Morgen wurde.«

Bedenkt man, daß neben Wassermann auch andere Autoren darauf bestanden, ihm ihre neuen Manuskripte, die ja meist wirklich noch Handschriften, also Unikate, waren, selbst vorzulesen, und daß er auch eine ausführliche Korrespondenz mit den Autoren führte, so ist es erstaunlich, daß daneben ein eignes Werk entstehen konnte, das vielfältig und, wenn auch nicht riesig, so doch von beträchtlichem Umfang war.

Der schmalste Teil davon sind die Gedichte, der erfolgloseste die Theaterstücke, auf die man insgesamt Otto Brahms frühes Urteil: mehr Verstand als Poesie! anwenden könnte, und für die sich wohl auch künftig kein Liebhaber finden wird. Die größte Beachtung bei der Mit- und Nachwelt fanden seine Essays, Aphorismen, Kritiken und Glossen, die er, zum Teil unter Pseudonymen, vor allem in der ›Neuen Rundschau‹ seines Verlages, aber auch in der ›Vossischen Zeitung‹, im ›Berliner Börsen-Courier‹, in der Wiener ›Neuen Freien Presse‹, der ›Weltbühne‹ und anderen Zeitschriften veröffentlichte und in denen er sich als glänzender Stilist, der besonders Paradoxien liebte, tiefer Denker, an Politik Interessierter und als Mann von umfassender Bildung erwies. Das Spektrum seiner Interessen reichte von der Literatur, in der ihm, neben seinen Zeitgenossen, Goethe und Tolstoj bevorzugte Themen boten, über die anderen Künste, die Psychologie, die Philosophie und die jüdische Problematik bis zu Verfassungsfragen, den Betriebsräten und dem modernen Verkehr.

An den geistigen und politischen Kämpfen der Zeit hat er sich, auf hohem intellektuellem Niveau, oft beteiligt, aber er war kein Parteigänger, kein Eiferer, kein Besserwisser und kein Meinungsmacher, eher ein Skeptiker, der Vereinfachungen, wie sie die Politik nötig hat, ablehnte, der, statt sich hinter Programme zu stellen, diese zu analysieren versuchte, der den Parteien ins Gewissen redete, das Humane hochzuhalten und das Allgemeininteresse über das der Partei zu stellen, und der Fragen für wichtiger als Antworten hielt. Sein Essay ›Politische Ängste eines unpolitischen Mannes‹ endet mit folgenden Sätzen: »Von Antworten schwirrt die Luft, der Lärm wächst täglich; wieder fragen können, heißt wieder der Ruhe, der Fruchtbarkeit fähig sein. Antwort ist Programm; Frage – beinahe – Idee.«

Eine strenge Auswahl aus dieser Fülle vereinigte er in den drei ersten Bänden seiner ›Prosaischen Schriften‹ (1918), deren fünfter Band von seinem Nachfolger im Amt, Oskar Loerke, nach Heimanns Tode herausgegeben, eine weitere Essayauswahl bot. Der vierte Band aber, mit dem Haupttitel ›Wintergespinst‹, enthielt zehn Novellen und zeigt einen Erzähler, der gründlicher als der Essayist und Kritiker vergessen wurde, eine Wiederentdeckung aber verdient.

## 4

Die besten dieser Novellen sind in der Mark Brandenburg angesiedelt, dort, wo sie mit Sandwegen, Kiefern und Seen am märkischsten ist. Unschwer erkennt man Kagel und seine Umgebung. Kirche und Schmiede sind da, der See gleich hinter den Höfen, und die Löcknitz, wenngleich ohne Namen, windet sich mitsamt den sie begleitenden Wiesen auch durch den Wald. Jedes Detail, wie zum Beispiel die Unterscheidung zwischen dem Staatsforst und den Wäldern der Bauern, verrät intensive Landerfahrung, und auch in der Beschreibung der Jahreszeiten zeigt sich ein Autor, der sie genau beobachtet hat.

Im ›Wintergespinst‹, einer Knabentragödie aus der naturalistischen Schule, korrespondiert eine trockene bösartige Kälte, die die Seen zufrieren und die Wagenspuren im Sand der Dorfstraße erstarren läßt, mit der Bösartigkeit der Bauernfamilien; und erst ganz am Ende beginnt es zu schneien.

›Die Tobias-Vase‹ dagegen ist eine Sommer-Geschichte, die an einem Frühlingstag anfängt und zur Kartoffelerntezeit endet, wenn der Nebel schon über dem Flüßchen liegt. Die kunstvolle Vase mit dem Tobias-Motiv aus den Apokryphen prunkt in »kräftigen Sommerfarben«; sie steht im Pfarrhaus des Dorfes, begleitet das pädagogische Experiment mit einem jüdischen Waisenknaben, gibt Anlaß zu Diskussionen über die Aufgaben der Kunst, die an die im ›Tonio Kröger‹ erinnern, und wird im Herbst, wenn sich die Ehe des Pastors als gefährdet erwiesen hat, mutwillig, aber doch wohl nicht endgültig zerstört.

In Nebel und Regen aber spielt die Novelle, die Thomas Mann mit Recht ein Meisterwerk nannte, und die leider den unglücklichen Titel »Dr. Wislizenus« führt. Der Oktober, in dem sie beginnt, ist schon dunkel und grau wie der November, und auch der beginnende Winter ist nur trübe, stürmisch und feucht. Neben dem Heimatdorf des Autors ist hier auch dieser selbst gegenwärtig, zwar als Wislizenus verkleidet, aber schon an Äußerlichkeiten erkennbar, viel mehr aber noch an der Problematik: der eines hochgradig sensiblen Intellektuellen, der in die Einsamkeit flieht. Will man Heimanns Persönlichkeit wirklich nahekommen, muß man neben den vielen Würdigungen seiner Verehrer, die ihn fast zu einem Heiligen machen, auch diese Art Selbstporträt kennen, das an einer unerhörten Begebenheit die Gefährdung eines solchen Charakters und Lebensstils zeigt. Die Novelle ist sozusagen die Umkehrung einer Heiligenlegende, legendenhaft sowohl in der Unglaublichkeit ihrer Vorfälle als auch in ihrer nicht ausgesprochenen, aber der Geschichte immanenten Moral.

An Jakob Wassermanns emphatische Schilderung des nächtelang gespannt und geduldig zuhörenden Lektors sollte man sich erinnern, wenn man liest, wie Wislizenus, der, »um sich nicht für immer zu verlieren, Stadt und Menschen hatte fliehen müssen«, seinen späten Gast, einen Freund und Dichter, in seinem einsam im Walde gelegenen Hause empfängt. Ein Dichter, das wäre das letzte gewesen, was er sich hier gewünscht hätte, denkt er, kann aber seine Wut über die Störung und sein Erschrecken über das »Lederetui in Lexikongröße«, das der Gast nicht aus der Hand nimmt, so gut verbergen, daß der Dichter schnell Platz gibt, eitel seine Weste zurechtrückt und mit der Vorlesung seines Epos, das nicht nur im Thema, sondern auch im Umfang Dantes ›Göttlicher Komödie‹ ähnelt, selbstgefällig beginnt.

Während der Dichter davon überzeugt ist, dem Freund eine Freude zu machen, wird dieser, den schon die Einsamkeit in eine Krise getrieben hat, von der Vorlesung genervt. Wohl ist in ihm die Wachheit des Sachverständigen rege, doch entgehen ihm manche Gesänge, weil er zu sehr mit seinem eignen inneren Zustand beschäftigt ist. Er entdeckt in den Versen Fehler und Schwächen, empfindet Schadenfreude darüber, schämt sich deswegen, doch größer ist seine gereizte Empörung, die sich zu kalter Wut steigert, als die nächtliche Stille von einem randalierenden Landstreicher gestört wird, der Dichter diesen Einbruch der wirklichen Welt in seine ästhetische als Kränkung empfindet und fordert, den Vagabunden wie einen tollen Hund niederzuschießen – was der Gastgeber, teils um die eitle Anmaßung des Dichters zu strafen, teils um seine Wut zu entladen, nach mehrmaliger Störung tatsächlich auch tut.

Die moralische Rechtfertigung der Tat konstruiert sich der Mörder erst später: Niemand vermißt den alkoholsüchtigen Heimatlosen, für die menschliche Gesellschaft war er mehr Plage als Nutzen, in seinem Elend konnte er dankbar sein für den raschen Tod. Sorgfältig beseitigt Wislizenus die Spuren und glaubt sich vor schlechtem Gewissen sicher, da dieses, so meint er, nur aus Furcht vor den Folgen der Tat entsteht. Doch wie sich ihm schon die Flucht in die Natur als Irrtum erwiesen hatte (denn die Natur kann einem Menschen nichts als Trauer darüber, daß sie ihm nichts geben kann, geben), so erweist sich auch die Gewißheit der Folgenlosigkeit seiner Tat als falsch. Der Tote wird nie entdeckt, aber er wird nicht vergessen. In Wislizenus wächst er zu Riesengröße, den Alpträumen seiner Kindheit vergleichbar; und es stellt sich heraus, daß der Landstreicher eine Begleiterin hatte, ein widerliches Weib, ebenfalls alkoholsüchtig, das den Toten vermißt.

Wislizenus, dessen Flucht in die Einsamkeit schon die Bindung an die menschliche Ordnung gelockert hat, ist durch die Mordtat noch weiter von ihr entfernt worden und verwildert in deren Folge nun ganz. Er wäscht und rasiert sich nicht mehr und verweigert sich allen Tischsitten; das Haus verwahrlost, und mit dem Schmutz übernimmt die Natur die Herrschaft. Nicht von Verdacht, sondern Instinkt getrieben, kommt die Landstreicherin ins Haus auf der Suche nach ihrem Gefährten, nistet sich ein bei dem Willenlosen und führt ihn schließlich, als Ersatz für den Toten, fort in den Wald.

Daß das Unglaubliche glaubhaft wird, ist das unglaublich Gute an dieser Novelle. Allein ihrer fünfzig Seiten wegen verdiente Heimann in der Literaturgeschichte einen sichtbareren Platz. Doch schon zu seinen Lebzeiten fand die Novelle nur geringe Beachtung, obwohl Julius Bab sie 1922 in einer umfassenden Würdigung Heimanns (in dem Sammelband ›Juden in der deutschen Literatur‹) als Glanzstück kritisch gerühmt hatte und sie 1924 sogar vom Film entdeckt worden war. (Nach einem Drehbuch von Paul Berger und Willy Haas spielten hier Fritz Kortner, Paul Bildt, Paul Graetz, Jakob Tiedtke und, in der Rolle der alten Landstreicherin, die das Drehbuch zu einer kartenlegenden Zigeunerin gemacht hatte, Joachim Ringelnatz.) Später wurde sie, wie das meiste von ihm, schnell und gründlich vergessen. Vielleicht hängt das mit der hohen Stillage zusammen, die wenig Zeitgemäßes hatte. Eingängigkeit oder ein Plauderton, wie er ihn an Fontane liebte und als »Spazierenschreiben« charakterisierte, war ihm auch in den Essays nicht gegeben. Vielleicht aber spielte auch eine Rolle, daß Heimann, nach der Verfemung alles Jüdischen in den Hitlerjahren, nicht zu den Opfern oder Exilierten gehörte, deren Wiederentdeckung man nach 1945 als Pflicht empfand.

## 5

Er stirbt bereits 1925, mit nur 57 Jahren. Ein Nierenleiden zwingt ihn schon vorher zum Ausscheiden aus der Verlagsarbeit. Von S. Fischer mit einer Pension versehen, kann er ohne Geldnöte in Kagel leben, ist aber von dort aus in Briefen weiter beratend tätig oder empfängt Fischers oder anderer Freunde Besuch. Wassermann findet ihn hinfällig, wie im ständigen Fieber; Loerkes Tagebuch registriert das Auf und Ab der körperlichen Zerstörung; aber die Sorgen um den Verlag und die Zeitschrift beschäftigen ihn weiter, bis die Krankheit ihn zum Schreiben und Denken unfähig macht. Als ein wohlmeinender Arzt ihn auffordert, sich doch keine Gedanken über seine Krankheit zu machen, antwortet er verzweifelt: er habe ja schon lange keine Gedanken mehr.

Das Ende in der Berliner Charité ist langandauernd und qualvoll. Oskar Loerke spricht die Grabrede, die mit der Hoffnung auf Unzerstörbares, das uns von Moritz Heimann erhalten bleiben wird, schließt.

Neun Jahre später, als Hitler schon herrscht, stirbt Samuel Fischer. Beider Gräber in Berlin-Weißensee, auf dem jüdischen Friedhof, liegen nicht weit voneinander entfernt.

# MÄRKISCHE NOVELLEN

# WINTERGESPINST

## I

Die stillen, unbewegten Novembernebel hatten sich nicht einmal zum Regen verdichtet; da fegte über Nacht eine rauhe, stürmische Kälte sie weg. Der bisher zähe, dem Fuß stehende Sand wurde hart mit allen seinen Erhöhungen und Vertiefungen von Wagengeleisen und Stapfen von Mensch und Tier. Die wenige feinzersprühte Feuchtigkeit des Nebels, gefrierend in dem jähen Kältesturm, sprengte in der obersten Schicht des Erdbodens; und so lag ein dünner, wie mit engstem Sieb gebeutelter Staub auf Wegen und Straßen. Zuweilen stieß ihn und blies ihn der Wind auf, wirbelte ihn durch die trotz der Kälte nicht klare Luft und schleuderte ihn unbehaglich auf Mensch, Tier und Baum.

Es war eine bösartige Kälte, von der Sorte, die auf dem Wetterglas ihre Tücken nicht verrät. Schlich ein Handwerksbursche daher, so hielt er die Hände in den Taschen bis fast zu den Ellenbogen und klemmte Stock und Bündelchen an den Leib. Er machte den Hals so kurz wie möglich und konnte sich nicht helfen, wenn Auge und Nase weinten. Die Akazie, unter der er dahinstrich, zwickte grade noch seinen verbeulten Hut, begab sich aber übrigens der Schadenfreude und stand mit ihren paar schwarzen Blattfächerlein im harten Kummer da.

Wer es besser hatte als der kahle Baum und der kahle Mensch und im Wagen wohlverwahrt seiner Straße zog, stellte den Kragen seines Überrockes hoch, daß die Ohren zugedeckt waren, und freute sich, wenn der Wind ihm die Staubwolke, die die Räder aufstörten, zur Seite jagte.

Fuhrleute, die an einem dieser Tage, kurz vor Mittag, in einem leichten Schuckeltrab dem Dorfe zustrebten, hatten es so freundlich nicht. Sie saßen auf ihren Wägen, die, zum Fahren von Bauholz bestimmt, nur aus den kahlen Radgestellen bestanden, ungeschützt auf hartgedrückten Heusäcken zwischen den Rungen des Vorderwagens; sie kamen in der Richtung des Windes und wurden von ihm überholt.

Ihr Fahren klirrte und stieß; schweigsam saßen sie da. Und nur wenig ließen sie sich aus ihrer starren Haltung aufstören, als eines der Fuhrwerke sich aus der Reihe löste und unter heftigem Antreiben der Pferde die Spitze gewann. Etwas ärgerlich, doch auch belustigt und nicht sonderlich überrascht sahen sie dem Ausreißer nach.

Der nun entfernte sich schnell von den Kameraden. Er saß fest auf seinem Heusack, das eine Bein bequem umgeschlagen; er hatte es einmal gebrochen, und es war krumm geheilt; so beim Fahren nutzte er das Gebrechen zu seiner Bequemlichkeit. Seine mageren Pferde ließen sich befeuern, ihr Blut wurde warm, und bald hatten sie mehr den Zügel als die Peitsche nötig. Beides aber, Zügel und Peitsche, schwang und schüttelte ihr Herr. Und während er mit seinem schwerfälligen Wagen, daran die Ketten immer etwas wie einen Klang versuchten und es doch nur zu einem bald wieder toten Klappern brachten, eine Fahrt verübte, wie sie einer Sonntagskutsche angestanden hätte, verstellte er sein lederfarbenes Gesicht zu einem wehleidigen Ernst, gleichsam, als ob er Vorwürfe, die man ihm machen könnte, von vornherein ins Unrecht setzen wollte.

So donnerte er dahin, hinter ihm, immer mehr sich verlierend, die anderen Wägen, vor ihm die giftige Sandwolke. Er beschleunigte noch die Fahrt, als ihm die ersten Häuser des Dorfes entgegenkamen, und gewohnt, unwillige Aufmerksamkeit zu erregen, zog er in scheinheiliger Ehrbarkeit die Stirne immer krauser. Der Nacken stand ihm gerade, und man hätte meinen können, daß seine Augen nichts anderes gewahrten, als die zwischen den beiden Pferden hart springende Deichsel. In Wirklichkeit errafften seine listigen Funkelblicke fast alles, was ihnen nicht durch Mauern und Zäune versteckt war. Und so blitzte ihm denn auch ein Vorgang ein, der sich auf einem Hof abspielte, dessen Flügeltüren offen waren. Dort stand eine übergroße, knochige Frau und sprach auf Kinder heftig scheltend ein, und dem einen von ihnen, einem zwölfjährigen Knaben, schlug sie eben ins Gesicht.

Der Mann auf seinem Wagen verzog wutvoll den Mund und dachte nicht mehr daran, mit seinen Mienen zu spielen; das geschlagene Kind war sein eigenes. Noch wilder fuhr er darauf los und bog, wo die Dorfstraße einen Winkel machte, so kurz um die Ecke, daß er den untersten Treppenstein eben noch vermied. Von den Höfen flogen ihm Schimpfwörter nach; die Pferde ließen sich nicht mehr halten und nur gerade noch lenken; sie rasten in Galoppsprüngen des Wegs, bis ein scharfer Ruck sie herumriß und sie vor den geschlossenen Torflügeln ihres Gehöftes stillstanden. Ihre Flanken tobten, und von ihren Leibern stieg der dicke Dampf in die Luft.

Niemand kam, das Tor zu öffnen. Nur ein mittelgroßer, schwarzer Hund strich um den Pfosten einer Seitentür und näherte sich träg und hämisch.

Der Mann auf seinem Wagen ließ lieber die Pferde kalt werden, als daß er abstieg. Nicht aus Faulheit aber blieb er auf seinem Sack, sondern mit jeder halben Minute, die es ihn warten ließ, wollte er die Schuld seines Hausgesindes wachsen lassen. Endlich kam im Trab der vorhin auf dem fremden Hof geschlagene Knabe herbei; er schlüpfte durch die Pforte, zog die Torriegel zurück und öffnete die beiden Flügel. Er hatte den Vater nicht gegrüßt und tat es auch jetzt nicht. Während der Wagen tief in den Hof hineinfuhr, ging der Knabe neben den Pferden her mit gesenktem Kopf und wie abwesend.

Der Vater war schon von seinem Sitz gekrochen und betrat eben das Haus, als die Mutter durch eine Lücke im

Nachbarzaun ihre schmale Gestalt hindurchzwängte und eilends auf das Fuhrwerk zukam. Sie hatte sich bei der Nachbarin ein wenig verschwatzt und war nun, da sie ihren Mann so früh nicht erwartet hatte, voll Furcht. Sie machte sich daran, dem Jungen beim Ausspannen zu helfen. Ohne daß sie des Knaben achtete, stutzte sie plötzlich vor etwas in seinem Wesen, und während sie einen gelösten Strang über den Rücken des Pferdes zurückschlug, fragte sie auf das hellhaarige Haupt ihres Sohnes hernieder: »Junge! was hast du?« Der Knabe, der mit unsicheren Händen an einem Riemen knotete, zuckte sein Gesicht empor, und seiner aufgeschreckten innersten Natur nach strahlte ein freundliches, fragendes Lächeln in seinen Mienen auf. Doch fast im gleichen Augenblick erstarrte dieses Lächeln zu einem Schrecken, seine Augen füllten sich mit Tränen, und sein Kopf beugte sich so schwer vornüber, daß er die Schultern mitbewegte. Aber er gab keine Antwort. Die Mutter wurde ratlos, zwang sich aber, damit der Vater nicht aufmerksam würde, nicht in das Kind zu dringen. Auch hatte sie es eilig, das Mittagessen zu rüsten und aufzutragen, und so ließ sie den Jungen die Pferde in den Stall geleiten und sprang ins Haus. Der Knabe besorgte, wie von einem schweren Traum befangen, sein Geschäft, dann ging auch er zum Essen.

Das Gehöft war leer; nur auf dem Reisighaufen in der Nähe des grünmoosigen Bretterzaunes stand der schwarze, schwarzäugige Hund. Er wurde mit dem wunderlichen Namen »Wasser« gerufen und war keine gewöhnliche Kreatur. Er bellte nie nach den Vorübergehenden, noch biß er; aber er hatte, vielleicht weil kein weißer Punkt in seinem ganzen Fell war, etwas hämisch Unheimliches, wenn er von seinem erhöhten Platz über den Zaun musterte.

Es war ein verfallener, vernachlässigter Hof. Die Strohdächer auf den Ställen und auf dem Haus waren, seit Jahren nicht ausgebessert, mit dicken Moosknöpfen besetzt. Schon war das Gebälk des Hauses an einigen Stellen morsch geworden und das Dach gesunken, so daß das Haus wie ein sich schmerzhaft vom Liegen aufrichtendes lebendiges Wesen aussah. – – –

Bei dem Essen wurde kaum ein Wort gesprochen. Auch das jüngste Kind, ein Knabe von vier Jahren, kannte zur Genüge alle drohenden Anzeichen und verhielt sich furchtsam und still; um so mehr, als der Bruder nicht wie sonst das dumpfe Schweigen mit Neckereien unterbrach. Die Frau wurde immer ängstlicher, und die großen, schwarzen Augen in ihrem Vogelgesicht wurden starr, wenn sie auf ihren Jungen sah. Es wurde ihr, sie wußte nicht wie, gewiß, daß ihr mehr als einer der gewohnten tobenden Anfälle ihres Mannes drohe. Sie bangte darnach, den Sohn auszufragen; aber als das Essen beendet war und die kleine Gesellschaft sich auflöste, fand sie nicht gleich die Gelegenheit, ihn beiseite zu nehmen. Dann ging der Mann in den Stall, sie sah sich nach dem Knaben um, aber sie suchte und rief ihn vergeblich. Er war gegen seine Gewohnheit, ohne ihr ein Wort zu sagen, verschwunden. Sie stand in der Haustür, der Kälte nicht achtend, und murmelte ein über das andere Mal die gewohnte Formel ihrer Freuden und Ängste: »Jesus Christus! Jesus Christus!« Ihr Mann kam mit einer starken eisernen Kette aus dem Stall und humpelte nach der Hoftür. Er kehrte um und sagte, lauernden Blicks, die Kette sei geplatzt, er müsse sie zum Schmied bringen. Sie erbot sich, die Besorgung auszuführen; er müsse doch seine Ruhe haben, ehe er wieder zur Arbeit fahre. Da aber bekam sie zu hören, was sie schon hatte kommen fühlen: er fahre nicht mehr in die Heide heut, und sinnlos wiederholte er, daß die Kette geplatzt sei und daß er die Kette müsse ausbessern lassen. Damit ging er. So wußte sie, daß wieder die Leidenszeit für sie und das Haus angebrochen sei, die langen Wochen, in denen der Mann trank, tobte und müßig ging.

Qual und Erbitterung darüber konnte sich, beunruhigt durch die Angst um den Jungen, nicht ganz in ihr festsetzen. Sie ging in das Wohnzimmer zurück und, als sie dort das Bübchen auf der Ofenbank eingeschlafen und mit roten Bäckchen, unbequem wie Kinder liegen, und selig atmend sah, fiel ihre Mutter ihr ein, die sie schon lange nicht gesehen hatte, da die alte Frau, die ihr armes Witwenleben in einem eigenen Häuschen zubrachte, schon seit Jahren nicht mehr die Schwelle ihres Schwiegersohnes überschritt.

Einen Augenblick dachte sie nach, dann nestelte sie, entschlossen, das Band, das ihre Kleider wirtschaftlich aufschürzte, los, schüttelte sich zurecht, schlug ein grauwollenes Tuch um Kopf und Schultern und huschte von dannen, zur Mutter hin.

Und wirklich erfuhr sie von der alten Frau, daß etwas Schlimmes geschehen sei. Der Frau Barleben waren, während sie Futter stampfte, zwei Taler gestohlen worden, die nebeneinander auf dem Glasspind gelegen hatten. »Und sie«, sagte die Großmutter, »hat den Verdacht auf den Franz geschmissen, der ist das einzige Fremde im Haus gewesen. Vorher war das Geld noch an seinem Platz, und nachher nicht.« »Jesus Christus«, flüsterte jach die Frau und faltete und rang die Hände. Sie glaubte das Ungeheuerliche nicht; aber es fiel ihr auch nicht ein, daß der Vorfall aufgeklärt werden müsse und aufgeklärt werden könne und daß es für unschuldige Menschen von Verdächtigungen eine Reinigung gebe.

In ihrer Not siedete eine unsinnige Zärtlichkeit gegen den Jungen in ihr auf; sie vergaß, daß Menschen an dem Vorfall beteiligt waren, mit denen zu reden war: Frau Barleben und deren Sohn, den Franz besucht hatte; und hilflos klagte sie, warum nur der Junge zu jenen Leuten gegangen sei; – nicht anders, als wenn man ihr erzählt hätte, er sei in eine Grube gefallen.

Die Großmutter mißhörte das als einen Vorwurf; und die von Alter und Krankheit wie ein Winkeleisen gebogene Greisin verwies ihre Tochter, wobei sie den Wacholderkrückstock derb aufstieß und die Rede noch unwirscher als sonst aus ihrem vertieften Munde hervorgehen ließ.

Sie brachte ihre Tochter zum Weinen damit, und das war der einzige Trost, den sie ihr geben konnte.

## 2

Inzwischen war ihr Mann – Kaps hieß er – ins Dorf gegangen. Was er gesehen hatte, reichte an sich schon aus, seine Wut herauszufordern; und obendrein, da der Junge schon zwölf Jahre alt war und in den Konfirmandenunterricht ging, mußte es nichts Geheures sein, was dahinter steckte. Er wollte es herausbekommen, aber ohne zu fragen.

So humpelte er die Straße entlang, mit der sachlichen, ehrbaren Miene, die er immer aufsteckte, wenn er davor war, auf ein paar Tage oder Wochen aus der Ehrbarkeit zu fallen. Nur als eine große Frau, gegen die Kälte schlecht verwahrt, mit flatternden Röcken an ihm vorbeirannte, wurde er unbefangen und rief ihr einen gutmütigen Zynismus nach. Sie kehrte sich nicht daran und eilte weiter; er traf den Schmied vor der Tür unter der kahlen Kastanie, wies hinter der kräftig Laufenden her und sagte: »Ist kaltes Wetter, Bertold; da merkst du nicht, wer faul, wer fleißig ist; sie rennen alle.« Der Schmied sah aufmerksam nach dem Wirtshaus hinüber, wo eben ein großer Schlächterwagen abfuhr. Zerstreut wandte er sich zu Kaps und fragte, was er bringe; ob die Kette entzwei sei und ob die Arbeit gleich gemacht werden müsse? »Es hat Zeit, Bertold«, antwortete Kaps stotternd, »morgen früh«, er zwinkerte, »morgen früh«, und steuerte dem Wirtshaus zu.

Die Neigung, Unfug zu treiben, rumorte ihm in den Gliedern, aber die Trinkstube war leer, und es blieb ihm nichts übrig, als sich still hinzusetzen und zu warten. Er wählte seinen Platz in der Hölle, dem bequemen breiten Raum zwischen Ofen und Wand. Der Wirt schlief hinter dem

Schenktisch auf seinem Stuhl wieder ein, und geduldig wartete Kaps, fast ohne sich zu regen.

Es war schon Dämmerung in der Stube, als der Wirt erwachte. Er gähnte, räkelte seine untersetzte Gestalt und strich sich den dichten, roten Vollbart zurecht. Dann ging er in das Wohnzimmer und holte sich seinen Vesperimbiß. Er goß allerlei Getränk zusammen, wobei er sich zuweilen unterbrach, um breite Zwiebelscheiben auf ein Butterbrot zu schneiden, von dem er dann große Happen mit Salz bestreut in den Mund schob und gründlich kaute. Er tat so, als ob er so seines Gastes nicht sonderlich achte, und jedenfalls nicht verwundert sei, ihn um diese Zeit im Krug statt bei der Arbeit zu sehen. Und das tat er in der abgründigen Verlogenheit seiner Natur, um sich ein gutes Gewissen vorzuschwindeln: denn eigentlich war es ihm verboten, dem Kaps, der öffentlich als Trinker gebrandmarkt war, einzuschenken. Er war es vor Jahren gewesen, der Kaps so grob vor die Tür geworfen hatte, daß der Trunkene sich das Bein brach; stöhnend blieb er damals fast eine Stunde lang liegen, ohne daß man ihm half. Die polizeiliche Untersuchung, die eingeleitet wurde, verflüchtigte sich, niemand wußte wie. Aber das wußten alle, daß, falls er hatte Geld zahlen müssen, der Wirt es wohl verstanden haben würde, die Summe auf ein lächerlich geringes Maß zusammenzudrücken. Und nicht einmal auf Kapsens Kundschaft hatte er lange zu verzichten gebraucht; der kam ihm von selber wieder, bat, bettelte, trank und ließ sich wieder hinauswerfen; und der Wirt hatte dabei noch die Genugtuung, ihm das Getränk verweigern oder gewähren zu können, je nachdem es ihm beliebte, sich der Polizeivorschrift zu erinnern oder nicht.

Heute vergaß er sie, und als Kaps, mitten in dem verständigen Gespräch, das er angefangen hatte, sich wie beiläufig und mit einer sanften Selbstverständlichkeit Schnaps erbat, setzte er ihm das gewünschte, ungefüge Maß vor. Sie unterhielten sich wie ehrsame Leute, und Kaps holte sich, aus seinem warmen Sitz hinauslangend, ein Maß nach dem andern vom Schanktisch.

Langsam erblindete das Haus in der frühen Winterdämmerung, zitterte an Mauern und Fenstern, wenn ein Wagen vorüberfuhr, und wurde nach jedem Zittern schweigsamer und toter. Die Stimmen der beiden Männer versuchten unwillkürlich in heimlicherem Klang zu ertönen, dem Flüstern nahe; am Ende schwiegen sie. Der Wirt unterschied kaum noch des Trinkers fahles Gesicht.

Allmählich wurde es draußen vollends dunkel; ein paar Fuhrwerke waren heimgekommen, die Schulkinder klapperten nach Hause, und durch die feuchten Scheiben sah man schon Licht verzerrt aus dem gegenüberliegenden Haus herstrahlen. Da hob sich der Wirt von seinem Stuhl und bequemte sich, die Lampe anzuzünden, die armselig und ohne Glocke von der Decke niederhing. In dem Licht blinzelte der Trinker stark und schüttelte sich; der Wirt sah ihn an und bemerkte auf seinen Backenknochen feuerrote Flecken. »Na«, sagte er, »Albert, nun hast du wohl genug?« »Gib mir noch einen«, bat überredend Kaps und schob, wie er es jedesmal getan hatte, das Geld hin. Der Wirt gab schweigend das Verlangte her.

Sie waren wieder stille, nur unbehaglicher, ungeduldiger und wartend. Das Dorf meldete sich mit keinem Laut; es glitt von dem Schlummer des Tages nach der kurzen Vesperunterbrechung in den Schlummer der Nacht hinüber.

Endlich, gegen sechs Uhr, klang die Glocke an der Ladentür; ein Handwerksbursche trat ein, bot die Zeit und setzte sich an einen der Tische. Es war ein Mensch von ungefähr vierzig Jahren, mit einem hageren und blassen Gesicht, sonst aber, auch was seine Kleidung anging, nicht schlecht im Stande. Er forderte Schnaps und fragte, was er zu essen bekommen könne. Der Wirt schlug Pellkartoffeln und Heringe vor, worauf der Handwerksbursche sich eine Portion bestellte.

Kaps in seiner Ecke wurde kribbelig. Es trieb ihn, mit dem Fremden anzubandeln, aber er wußte den Anfang nicht. Es machte ihm keinen Spaß, die Leute geradezu auszufragen, sondern er wollte sie ertappen, und er hatte sich eine kunstvolle Art ausgebildet, die Menschen aufzuziehen, indem er es vorzog, sie nicht bei offenbaren wunden Stellen ihrer Existenz anzurühren, was ein einfaches Verfahren mit Hieb und schnellem Gegenhieb gewesen wäre; sondern er tippte am liebsten dort an, wo er keine Schande, sondern leichte Scham und Verlegenheit annehmen konnte; etwa den Beruf bei Lehrern, die sich ärgerten, wenn man sie Schulmeister hieß; oder die Religion, wenn er den Verdacht hatte, daß ein jüdischer, geschniegelter Reisender nicht gerne daran erinnert wurde.

Bei dem Fremden wußte er nicht einzuhaken. Der saß anständig und unbefangen da und wie einer, der noch einen Groschen Geld in der Tasche hat. Aber Hunger hatte er, und als ihm das Essen aufgetragen wurde, machte er sich eifrig darüber her. Kaps, der ihn beobachtete, sah, wie er jedesmal das Messer kräftig in die Kartoffel schlug und immer mit demselben übertriebenen Schwung das Stück der Schale abzog. Und mit einem Male wußte er Bescheid. Er erhob sich aus seiner Hölle und setzte sich, sein Glas mit sich führend, an den Tisch des Handwerkers, ihm immer auf die Hände schauend. Jener sah mit Selbstbewußtsein strafend auf, merkte aber, wes Geistes Kind er vor sich habe, und gab sich zufrieden. Kaps grinste und begann das Gespräch: »Sie suchen wohl Arbeit?« Er bekam keine Antwort. Kaps ließ sich nicht irre machen. »Sie, wenn Sie Arbeit suchen, dann gehen Sie zu Jakoben.« Der Wirt lachte laut auf. Der Handwerksbursche begann ärgerlich zu werden, zumal er von dem Wirt auf seinen fragenden Blick nur ein erneutes Gelächter einheimste.

Da wollte es der Zufall, daß ein hageres Männlein hereinkam, mit einer jämmerlich knarrenden Stimme sich ein Fläschlein füllen ließ und so schattenhaft verschwand, wie es gekommen war. Der Wirt lachte noch einmal auf, und Kaps setzte sein Verfahren mit steigender Lustigkeit fort. »Wissen Sie, wer das war? Das war Jakob.«

Dem Handwerksburschen begannen die Bissen im Schlund zu quillen, er schlug das Messer auf den Tisch und schrie sein Gegenüber an: »Lassen Sie mich in Ruhe! Verstanden? Saufkopp!« Da stand Kaps auf und entlud eine gut gespielte Entrüstung in großen Bewegungen seiner rechten Hand. »Was, Saufkopp? Jakob! Jakob ist ein Meister, und Sie sind kein Meister. Und Jakob ist der Schneider im Dorf, und Sie sind auch ein Schneider!« – und nun gab es kein Halten mehr. Er war über den toten Punkt hinaus, und der Trunk und die zurückgestaute Aufregung raubten ihm die Gewalt über sich, das absichtliche Spielen schwand aus seinem Betragen. Indem er auf dem gesunden Bein zu stehen versuchte, aber immer das kranke zu Hilfe nehmen mußte und mit den Armen fuchtelte, tobte er gegen den Handwerker: »Was? Du bist kein Schneider? Jedem ist anzusehen, ob er ein Schneider ist. Ziehst die Pelle von der Kartoffel lang wie einen Faden, wie einen Heftfaden ziehst du, und willst kein Schneider sein? Mäh, mäh!« Da aber stand der entlarvte Schneider auf, sprang um den Tisch und packte den trunkenen Mann in die Weichteile; er hob ihn hoch, trug ihn bis zum Ofen und stauchte ihn kräftig auf seinen früheren Sitz nieder. Schneider werden gemeinhin verleumdet: sie sind zum größern Teil kräftige Leute.

»So, da bleib!« bestätigte er die Exekution, und schnaufte – mehr aus Stolz als von der Anstrengung. Dann setzte er sich wieder an seinen Tisch, aber essen konnte er doch nicht mehr. Kaps verhielt sich still; der Schneider war still; dann sagte der Wirt: »Ruhe im Lokal! Keine Stänkerei! Wer sich in meinem Lokal unanständig beträgt, fliegt 'raus!« »Geben Sie mir noch einen Schnaps«, sagte der Schneider, und der Wirt brachte ihn. Eine Weile später kamen ein paar Leute, holten sich Zigarren und gingen wieder, oder setzten sich zu Bier und Schnaps an die Tische. Jedesmal, wenn einer kam, humpelte Kaps auf, näherte sich dem Schneider, ließ sich aber von dessen drohendem Blick zurückscheuchen, ohne einen Angriff zu versuchen. Aber still war er nicht mehr in seiner Ecke. Er brummelte vor sich hin, machte mit Hand und Kopf beweisende Gesten und wurde immer aufgeregter.

## 3

Der Abend war schon weit vorgerückt. Vor den unverhüllten Fenstern lag das dichteste Dunkel. Eine Weile schon waren keine Gäste mehr gekommen; ein schläfriges Unbehagen, dem einige Lust von der Trägheit, die den Entschluß zum Heimgang nicht fassen konnte, beigemischt war, war in den Dunst der Trinkstube versponnen. Da ging doch wieder die Tür, und ein Mann kam herein, der über der Schulter an einem Bindfaden zwei graue Steinflaschen trug. Er hatte einen schweren Gang und ein schlimmfreundliches Gesicht, das er geneigt hielt. Er trat an den Schanktisch, hob das Flaschenpaar von der Schulter und stellte es dem Wirt hin. Der Wirt fragte: »Willst du die Grauen voll?« »Jawohl«, antwortete der Mann, »aber es hat Zeit.« Er riß ein Streichholz an und brachte seine Pfeife in lebhafteren Brand. Aus dem Paffen heraus drehte er sein Gesicht dem Ofen zu und sagte: »Guten Abend, Kaps.«

Das war des Wartenden Mann, Barleben, auf dessen Hof der Junge war geschlagen worden.

Kaps erwiderte den Gruß nicht; er erhob sich und sprach aufgeregt auf Barleben ein: »Der Schneider, August, der Schneider – will mir an die Gurgel fahren – weil ich ihm sage – daß er zu Jakoben soll – sich Arbeit suchen! – Braucht er sich zu schämen, daß er ein Schneider ist? Ich kenne sehr anständige Leute, die Schneider sind. Siehst du, August, so pellt er die Kartoffeln. Wer so ausholt, ist allemal ein Schneider.«

»Mann Gottes«, rief der Handwerksbursch herüber, »wenn Sie nicht gleich stille sind, dann setz' ich Sie noch mal auf den Hintern.« Kaps ging auf seinen Platz. Ein paar von den Anwesenden lachten, und Kaps lachte mit, stand wieder auf und trat wieder auf Barleben zu. »Was sagst du dazu, August! Es ist ein Schneider. Kann ich ihm helfen? Aber soviel kannst du mir glauben, Angst habe ich nicht vor ihm. Was, August, wir haben keine Angst –« und er schlug den Mann nervös auf die Schulter, sah aber zu dem Schneider hinüber: »Jawohl, Sie, wir haben auch noch keine Angst. Wir haben dem König von Preußen gedient. Wir haben Österreich und Frankreich mitgemacht; was, August?« Der Angeredete aber schnitt ein höhnisches Gesicht und bog die Schulter so, daß die auf ihr ruhende Hand niederfiel.

Kaps begann zu schlucken und hörbar zu atmen und blies zuweilen langsam die geschlossenen Lippen auf. »Gib mir noch einen Schnaps«, sagte er und sah den Wirt an, als ob er durch ihn hindurchsähe, so daß dieser das Zögern vergaß und einschenkte. Kaps trank und wischte sich den Schnauzbart, und plötzlich fing er ein Lied halb zu singen und halb zu lachen an: »Bei Sedan, auf den Höhen, da stand nach blut'ger Schlacht –.« Die Gäste stimmten ein. Sowie der Gesang aus den vereinzelt einfallenden Stimmen fest gesammelt war, hörte Kaps auf zu singen und fragte: »Warum singst denn du nicht mit, August?« Der knirschte dem Frager ein Schimpfwort ins Gesicht.

Nun brach Kaps los. Er stellte sich in die Mitte des Zimmers, und indem er in ein erregtes, taumelndes Tanzen verfiel, sagte er zu den Anwesenden, die wieder schwiegen: »He! Haltet mal alle den Mund! Ob ihr von Sedan singt oder die Katze! Seid ihr bei Sedan gewesen? Ich bin bei Sedan gewesen, und August, wir beide. Da haben wir Wache gestanden bei einem umgefallenen Bahnzug. Derweilen ist die große Schlacht gegangen; und als wir von Wache abkommandiert wurden, da haben wir gemacht: marsch, marsch, und sind noch zur rechten Zeit gekommen, vor Abend, und

Puhlmanns Karl, dem haben sie dort durch den Kopf geschossen!« Er lachte: »Eisenbahnzug! Umgefallener Eisenbahnzug! Wenn ihr wissen wollt, was aus ihm geworden ist, wir haben keine Kenntnis davon, wir haben das Eiserne Kreuz! Wenn ihr das wissen wollt, müßt ihr Augusten fragen, der hat so lange Wache gestanden bei dem umgefallenen Eisenbahnzug, daß er nachher man kaum seine Kompanie fand. Am Abend, verstanden, als Hahn in Ruh war.«

Die Erzählung war den Leuten nicht mehr neu; ob sie ganz richtig war, blieb ihnen immer ungewiß, und nur das wußten sie, daß etwas dran war und daß Barleben schon in Verlegenheit und Wut geriet, wenn ein boshaftes oder unbedachtes Wort nur von weitem an sein unrühmliches Verhalten rührte.

Die Männer schwiegen ernsthaft stille, und ihre Mienen drückten eine Art Bekümmernis aus, etwa wie ein unfreiwilliges, aber gerechtes Tribunal. Das reizte Barleben mehr als die Stichelei seines Gegners; er trat ihm nahe und hielt ihm seine mächtige, blaue, gequollene Faust unter die Nase. »Schlumps du«, sprach er, nicht laut. »Willst du Leute fexieren? Daß du Soldat gewesen bist, das wissen wir nicht mehr, und wir haben dir bescheinigt, daß wir nichts mehr davon wissen wollen: wir haben dich aus dem Kriegerverein geschmissen, du bist kein Soldat gewesen.«

Kaps, in seinem empfindlichsten Gram getroffen, knickte zusammen. Die Wolke der Trunkenheit lüftete sich, er sprach nun auch leise und zitterte dabei mit der rechten Hand hin und her: »Habt ihr mich 'rausgeschmissen? Aus dem Kriegerverein? Ich bin ein ehrlicher Mann. Sag' du's man dem Vorstand, August, daß sie ja keinen Spitzbuben 'rausschmeißen. Sonst wer weiß, am Ende wer 'rankommt. Wie sie Schönebecken den gedroschenen Hafer aus der Scheune geholt haben, diesen Herbst, bei der Nacht, hat da ein Mensch im ganzen Dorf gesagt: ›Das war Kaps!?‹ Willst du auftreten und sagen, daß mir einer was nachreden kann?« Einer der Gäste rief dazwischen: »Nein, Albert, was Unreelles kann dir kein Mensch nachsagen; nur ein Saufsack bist du und haust deine Frau.« Und die Reihe zusammenzuschrecken war an Barleben. Er wandte sich ab, kam wieder und sagte, ruhig und voll Hohn: »Tu nicht so groß, Albert. Es heißt ja, der Apfel fällt nicht weit vom Stamm. Na, und was den Apfel angeht, das sehe ich dir ja schon den ganzen Abend an, daß du's weißt, daß mir dein Junge zwei Taler aus der Kommode gestohlen hat.«

Kaps sah ihn groß an. Sein Gesicht verzerrte sich so gewaltsam, daß Tränen aus seinen Augen drangen. Ehe es sich jemand versah, sprang er den Feind an und umspannte seine Gurgel. Den Schwung, wie der sich wehrte, glücklich benutzend, hieb Kaps ihn in die Hölle am Ofen hinein, kniete auf ihm und würgte ihn, indes ihm die Tränen eine nach der andern über das Gesicht liefen. Barleben, der viel stärker war, konnte sich doch nicht von dem grimmigen Alp freimachen. Er war an der Brust und an den Schultern beengt, so daß er weder aus dem Grunde atmen noch die Kraft seiner Arme lösen konnte. Erbittert fuhr er dem auf ihm Knieenden ins Gesicht, ergriff ihn bei den Ohren und riß sie, daß sie bluteten. Es hätte schlimm für ihn enden können, wenn sich nicht schließlich der Wirt eingemischt und Kaps am Kragen gefaßt hätte. Sobald dieser die fremde Faust im Nacken fühlte, erlahmten ihm die Finger, und er lockerte den Griff. Dem Gegner gelang es, sich emporzuschnellen und ihn zurückzustoßen. Ehe der Kampf zum zweiten Male auskam, nahm der Wirt mit einer Hand Kaps an der Brust fest und wehrte mit der anderen Barleben ab. »Ruhig, Barleben, ruhig!« sagte er, schob Kaps zur Tür und setzte ihn mit einem geschickten Stoß hinaus. Schnell drehte er den Schlüssel um. Kaps blieb eine Weile an der Tür stehen, stieß mit dem Fuß und rüttelte. Dann ging er die Treppe hinunter und taumelte in dem breiten, gefrorenen Weg der Dorfstraße einher. Er begann zu toben und schimpfte: »Gauner, Spitzbube«, doch vorerst so, als ob er sich niemand vorstellte, an den er die übeln Worte richtete, und unversehens fand er sich auf dem Weg nach Hause. Da aber kehrte er um und trug, so schnell er gehen konnte, die Beschimpfungen dorthin, wohin er sie haben wollte. Wie eine Flut schäumte es ihm über den Mund. Er stürmte die Treppe in die Höhe, aber die Tür war noch verschlossen. Er sah durch einen Spalt im Vorhang und tobte, solange niemand im Bereich seiner Blicke war. Dann ging Barleben an seinen Augen vorüber, mit der scheinbar übertriebenen Schnelligkeit einer Erscheinung, die unversehens auftaucht und gleich verschwindet. Kaps verstummte, und wieder ging er hinunter. Und jetzt zum ersten Male brannte der Haß in ihm hoch, der männliche, klare, wahre Haß. Nun begehrte er nicht mehr zu lärmen, und sein ganzes Gefühl bäumte sich wollüstig gegen den einen Mann auf, der ihn beleidigt hatte. Jener eigentümliche Stolz, der in Familien nistet und sie einigt, die verwahrlosen und deren Glieder, wenn sie nicht von außen bedroht sind, kalt, ja feindselig gegeneinander stehen, griff ihn mit Schmerz an.

Noch einmal näherte er sich dem Haus, und diesmal lautlos und mit einer Miene, als sähen ihn die Menschen auf seinem Wege und er müßte sie durch Unbefangenheit täuschen. Es war, als ob er das Türschloß überreden wollte, geöffnet zu sein, wenn er käme.

Aber sein ungleicher Schritt verriet ihn, und die Tür gab weder seinem ersten leisen Klingen noch seiner wieder ausbrechenden Wut nach. Er schrie in die Wirtsstube hinein und häufte den Schimpf auf Barlebens Haupt. Der saß drinnen, griente und ward bleich. Auch schwiegen alle, die um ihn saßen, und gaben keine Antwort, wenn sein Gesicht sich ihnen zuwandte.

Dann kehrte Kaps sich ab und ging nach Hause.

## 4

Die Nacht schien heller, als der Abend gewesen war. Noch war der Winter bleich und hatte den sommerlang verhüllten Glanz der Sterne erst halb enthüllt.

Im Schlaf lag das Dorf, weit und schattenhaft auseinandergestellt; kaum, daß aus einem Dachzimmerchen durch die feuchtangelaufenen Scheiben ein roter Schein herauszitterte.

Kaps ging eilends. Hart klappte sein linker Fuß auf den Erdboden, in aufregendem Rhythmus mit dem andern, leicht auftretenden.

Aus seinem brennenden Mund quoll stoßweise der weiße Kegel seines Atems. Er sagte nichts; nur einmal blieb er stehen und heulte auf, doch nicht aus Schmerz, sondern aus der Gewohnheit seiner Trunkenheit.

Er ließ die Pforte zu seinem Hof offenstehen und drang ins Haus. Er tastete sich in das Schlafzimmer, das, stockdunkel und von stickiger Luft angefüllt, auf ihn zu warten und ihn doch abzuwehren schien.

Seine Frau, die in unruhigem Schlummer dagelegen hatte, war schon zum Sitzen aufgefahren, als sie die Hoftür hatte gehen hören. Sie hielt den Atem an und sah nach dem Schatten, der ihren Mann, dunkler als das Dunkel um ihn, vorstellte. Vor ihren Augen schwankte die Finsternis, und sie sah nicht, ob er stehe, gehe oder sich bücke.

Plötzlich scholl ein Schrei.

Der kleine Otto fing zu greinen an. Sie sprang aus dem Bett, erfaßte den Tisch und schurrte mit der flachen Hand die Platte nach Streichhölzern ab. Sie fand deren und machte Licht. Da sah sie ihren Mann an Franzens Bett niedergebückt, beide Fäuste in des Knaben Haar vergraben, und schon hatte er ihn zur Hälfte aus den Betten gezerrt. Rasendes Weinen in der Stimme, rief sie den Mann, sprang hinter ihn und riß ihn beim Rockkragen in die Höhe. Derweilen fiel der Knabe aus dem Bett, erhob sich aber gleich und stand zitternd und mit den Zähnen schlagend da.

Kaps begann zu stottern: »Taler gestohlen, zwei Taler gestohlen!« und schien ruhiger. Das verleitete die Frau, zu sagen, es sei alles Lüge und kein wahres Wort daran; aber grade dadurch entfesselte sich seine Wut. Grade daß es, wie auch er nicht zweifelte, eine Verleumdung war, vergrößerte seinem innersten, so oft mißhandelten, so oft verleugneten Stolz die Beleidigung. Er schlug auf die Frau und auf den Jungen mit den Fäusten ein. Der Tisch wurde hin und her gestoßen, das Licht flackerte, entsetzt sah der Kleine zu. Die Frau wehrte sich mit schnellen, festen Armen; sie stieß den von Rausch und Wut Blinden; er sank auf das Bett des Knaben. Da riß sie ihr Kind an sich, trug es, das so groß war wie sie selbst, in den Armen und enteilte mit ihm über den Hof in die Scheune.

»Bleib hier! Jesus, wie du frierst! Kriech ins Heu«, flüsterte sie; »ich hol' uns Sachen.« Sie mußte ihm auf die ersten Sprossen der Leiter helfen, die von der Tenne auf den Heuboden führte. Erst als er oben war, ging sie.

Drinnen fand sie den Mann eingeschlafen. Der kleine Otto hatte sich wie ein Häslein geduckt. Sie nahm Betten und Kleider zusammen, schlug und wickelte sie um das Kind und trug auch dieses zweite große Bündel in den Stall. Sie klommen die Leiter hinan, und im Heu machte sie sich und den Knaben ein Lager.

Langsamer noch als bisher entrang sich nach dieser Nacht der Tag dem Dunkel. Die helle, freche Glocke, die ein Viertel vor acht zur Schule rief, mußte sich einige Dämpfung ihres vorlauten Wesens gefallen lassen, so dicht war der Frühnebel, der über der Straße und den Häusern stand, ungewiß, ob er sinken und den Himmel entschleiern, oder ob er sich träge emporheben und als totes Wintergewölk für lange die Sonne verdecken solle.

Erst gegen Morgen, als die Mutter schon aufstand, war der Schlaf des Knaben im Geleise ruhigen Atems gefahren.

Sie ließ, da Kaps von seinem Rausch wie mit feuchten Stricken an das Bett gebunden lag, den Jungen ruhen und weckte ihn nicht, sich zur Schule fertig zu halten. Er selber fuhr, im Traum von dem ängstlicher als gewöhnlich klingenden Ton der Glocke getroffen, in die Höhe, kleidete sich an und schlich sich fröstelnd bis ins Mark auf den Hof. Den Kleinen hatte Frau Kaps gleich früh beim Aufstehen mit sich genommen und in sein gewohntes Bett gesteckt. Sobald sie Franz gewahrte, ging sie zu ihm und nötigte ihn, zögernd als ob sie ihn aushorchte, in die Stube zum Kaffeetrinken; doch mit einem Schaudern lehnte er ab und sagte, daß er in die Schule müsse, es habe schon geklungen. Die Mutter, selbst froh, daß er nicht ins Haus wollte, brachte ihm sein Schulgerät, die große, mit Bibel, Lesebuch, Katechismus und Pennal bepackte Schiefertafel, und gab ihm zwei kräftige Schnitten Brot mit. Sie sah ihm, am Zaune stehend, nach, wie er das Gehöft verließ und die Pforte mit einer befangenen Sorgfalt zuklinkte, die ihr ins Herz schnitt.

Franz ging der Schule zu, erleichtert mit jedem Schritt, den er von zu Hause weg tat, und mit jedem Schritt in eine andere, neue, weiträumige Angst tappend. Er hielt sich in der Nähe der Zäune und Häuser. Heuhalme hingen ihm im Haar; es quälte ihn kläglich, daß er nicht gewaschen war.

Welche Gedanken lebten in seinem Hirn und Herzen? Keine. Wie auch in der Nacht keine Vorstellungen, keine Bilder, keine Bitte und keine Verzweiflung ihn zum innern Widerstand oder sei es auch zur inneren Flucht gespornt hatten. Nur das schreckliche Nichts der kleinen Kinder, das sie zur Bosheit reizt und mit den Füßen strampeln läßt, fühlte er in seinem Kopfe lasten; es bog tief seinen Hals.

Er sehnte sich nach etwas Unbefangenem, das ihn aufnehme, und kehrte bei der Großmutter ein.

Die Greisin war schon aufgestanden. Sie fragte ihn gleich, was der Vater gesagt habe; und weich, innig, bitter bedrückt fühlte er, daß Unbefangenheit ihm fortan nirgends entgegenkommen werde.

Er fragte, ob er sich waschen dürfe. Und die Alte half ihm sich säubern und zurechtstecken und kämmte ihm selbst das helle Haar zu einem flotten Knabenscheitel auseinander: so klein war sie, daß er, obgleich auf dem Stuhle vor ihr sitzend, sich ein wenig ducken mußte.

Sie bot ihm Kaffee und Milch an; aber er wies, da ein Blick auf die kleine, porzellanene Wanduhr ihm zeigte, daß es beinahe halb neun sei, alles ab. Dennoch, obwohl ihn jeder der langsamen Schritte, die er machte, mit Unruhe quälte, vermochte er nicht zu eilen, um die versäumte Zeit abzukürzen.

Die Schultür knarrte laut in den stillen Flur; der Flur war still und dunkel und unermeßlich lang vor Franzens Augen. Aus dem Schulraum klang bestimmter scheinbar als sonst geteilt und seltsam nüchtern umrissen des Lehrers Stimme an das Ohr des Zögernden.

Er trat ein und blieb an der Tür stehen, erglühend, aufrecht, die Augen niedergeschlagen.

Es entstand gleich eine Bewegung unter den Schülern, und besonders die Mädchen wußten, ohne die Plätze zu ändern, sich so zueinander zu bewegen, mit den Oberkörpern in Gruppen zusammen- und auseinanderzufließen, daß man ihnen eine große Wichtigkeit ansah, etwas Vorwurfsvolles und Pharisäisches, wie immer sich der Handel endigen würde. Sie kamen aber nicht auf ihre Rechnung, denn der Lehrer kannte schon durch die das Frühstücksgebäck und den Tratsch austragende Frau die tags vorher passierte Geschichte, und da er ein kluger und seine Leute wohl kennender Mann war, hielt er die Bezichtigung nicht für wahr.

Freilich, was er auch mit dem Knaben vorgenommen hätte, würde ihm nicht seine Lebenssicherheit zurückgegeben haben; und so verfehlte er es von vornherein mit ihm, da er ihn, ohne das Zuspätkommen zu rügen, mit einfachen Worten auf seinen Platz gehen ließ.

Die Wände des mystischen Raums, in den der Knabe hineinschritt, glitten noch weiter zurück, der Raum wurde größer, schweigender, unheimlicher.

Mit demütigem Kopf ging Franz zwischen den Knaben- und Mädchenbänken hindurch, setzte sich, als der Erste in seiner Abteilung, auf seinen Eckplatz, und der Lehrer fuhr im Unterricht fort. Franzens Nachbar rückte ein wenig von ihm ab, mit einer Bewegung, die nichts weiter bedeutete, als daß er nach Knabenart den sei es übel oder gut Ausgezeichneten von etwas weiter her betrachten wollte. Aber die Bewegung genügte, daß Franz sich auf seinem Platz klein machte.

Und nun saß er da, bange davor und bangend danach, daß der Lehrer eine Frage an ihn richte, abwechselnd mit jäher, krampfhafter Aufmerksamkeit und gänzlich verlorenen, stockenden Gemüts. Doch der Lehrer fragte ihn nicht.

Als die erste Stunde zu Ende war und die Kinder eben in strammen, eingeübten Tempi die Bibeln unter die Pulte schoben und die Schreibhefte hervorholten, klopfte es. Der Lehrer ging, nachzusehen, wer da sei, und fand Barleben, der, durch die Vorgänge im Wirtshaus schlimmer erzürnt, als er sich merken lassen durfte, sich vorgesetzt hatte, die Sache mit den gestohlenen zwei Talern durchzufechten. Der Lehrer, obwohl um einen Kopf kleiner als Barleben, machte in seiner stämmigen Gedrungenheit eine sehr entschiedene Figur vor dem ungefügen Menschen. Er griff sich in seinen blonden Demokratenbart und sagte: »Bitte, stören Sie mich nicht im Unterricht. Wenn Sie mir etwas mitzuteilen haben, kommen Sie nach Beendigung der Schulstunden in meine Wohnung.« Damit ließ er den Mann stehen.

Drinnen begegneten ihm Franzens helle Augen mit einem so gespannten Ausdruck, daß es einem Lächeln ähnlich sah, was um seine Stirne, Schläfe und Wangen schwebte; nur die Mundwinkel waren vertieft. Der Lehrer sah ihn an und vergaß auf einen Augenblick Ort und Stunde, so prägte sich ihm das Gesicht des hübschen Jungen ein. Und wieder schonte er ihn und fragte ihn nicht. Der sonst so kluge Mann unterlag der Güte, die ihn herrisch zu dem Knaben hin erregte, und übersah, daß es den andern Knaben schon auffiel und sie sich Gedanken machen mußten, warum er Franz überging.

Um Zehn war die freie Viertelstunde. Sowie der Lehrer das Zeichen gab, lärmten die klappernden Pantinen ins Freie.

Draußen empfing eine verzauberte Welt die Kinder. Die blaue, helle Himmelswölbung schwebte frei über der am Horizont noch nebelartig verdichteten Luft. Die Sonne war über den bräunlichen Nebelring gestiegen, und zu hellem Glitzern entzückte sie jedes Zweiglein an jedem Strauch und Baum, die sich mit prunkendem Zuckerband bedeckt hatten.

Die Kinder schrien laut und hell; sie sprangen, wenn sie einem in den Rücken pufften und wenn sie gepufft wurden; einige von ihnen verteilten sich an die Akazien des Schulhofes und stießen mit den hart bewehrten Fußspitzen an die Stämme, daß es aus den Kronen scharf herniederrieselte.

Franz hielt sich abseits. Wie er aufmerksam in den Himmel sah, geschah es plötzlich, daß er es als eine Lust empfand, allein zu sein. Wie ein Fischbeinbogen umspringt, wenn man ihn an den Enden biegt, so schnellte das Gemüt des Knaben von der Spannung des Gedrückten zu der des Fliegenden. Eine schneeweiße Federflocke segelte über ihm im Blau, er folgte ihr mit den Augen, und als er sie längst verloren hatte, blieben seine Augen unbeweglich in ihrer letzten Richtung, schwimmend, fast schielend, wie das Licht so blind. Er war zwölf Jahre alt. Welche Seligkeit, allein zu sein! Welche Lust, Unrecht und Angst zu erleiden und ihrer über einem heimlichen Schatz nicht zu achten! Welch wütendes Entzücken, sich von dem Himmel aufsaugen zu lassen! Die Sonne wärmte sein Gesicht, die Lider sanken ihm und zitterten mit den Wimpern.

Er erwachte und blickte sich scheu und geblendet um. Ein Lächeln der Eitelkeit verklärte seine Mienen.

Da sah er seinen Vater die Dorfstraße herkommen. Er wich bis zur Schultür zurück und hielt sich verborgen; nach einer Weile hörte er ihn über den Hof kommen und von der entgegengesetzten Seite den Flur betreten. Er hörte ihn an die Küchentür klopfen, und die Lehrerfrau rief: »Herein!« Der Himmel zerplatzte zu einem nichtssagenden Dunst, Franz ging in das Schulzimmer und setzte sich auf seinen Platz. Er hatte Hunger; doch als er in sein Brot biß, verengte sich seine Kehle und wehrte die Speise ab.

Als die Schule aus war und die Kinder sich heimbalgten, suchte Franz, um den Weg zu verlängern, Anschluß an ein paar Kameraden. Sie bezähmten den Mutwillen, den der kristallene Tag herrlicher und tatkräftiger als ein Frühlingstag in ihnen erregte, gingen gutmütig und schonend mit Franz, aber sie fragten ihn. So wurde ihm doch der Weg zur Pein; und je peinvoller er wurde, um so mehr fürchtete er, ihn zu enden. Er hatte recht mit seiner Furcht.

Kaps hatte außer einem Frühstücksschnaps am Vormittag nichts getrunken; aber der Nachrausch war wilder in ihm, fahriger und grausamer als die Trunkenheit. Der Lehrer hatte sich den Aufgeregten hergenommen, ihn derbe zusammengerissen und ihm mit Verachtung klarzumachen versucht, wie infam seine Mißhandlung des Knaben sei. Das aber hatte Kaps, der im Innern eigentlich schon bereit war, sich auf Barleben zu stürzen, wieder gegen den Sohn gehetzt.

Als Franz nach Hause kam, zaghaft in die Stube trat und, da er wie erlöst den Vater nicht vor Augen fand, sein Schulgerät eben weggelegt hatte, stand Kaps hinter ihm in der Tür. Etwas Tückisches, was in seinem Charakter gar nicht lag, glänzte in seinen Augen, sinnlos. »Der Lehrer, der Lehrer –!« begann er, bildete aber nach seiner Gewohnheit keinen Satz und holte die hinterm Rücken versteckte Faust vor. Er hielt einen hänfenen Karrenstrick umfaßt und hieb auf den Knaben ein.

Die Zeit, die über den Hof hereingebrochen war, wurde die schlimmste, die er bisher erlebt hatte. Kaps trank und tobte durch das Dorf, daß die Jungen auf der Straße ihre Freude an ihm hatten und verständige Männer, die ihn kannten, stutzig wurden und in Zweifel gerieten, ob er sich bei Verstand halten werde. Die Wirtschaft, die nur in Gleichgewicht zu bringen war, wenn ihr noch andere Einnahmen als aus der Landarbeit zuflossen, mußte zerrütten, wenn er es lange trieb.

Im Dorf wußten natürlich alle, daß Kaps, wenn er seine schlimmen Wochen hatte, Frau und Kinder mißhandelte. Man hatte sich darüber immer leicht beruhigt, zumal er seine guten Seiten hatte und weil ja auch keine schlimmen Folgen eintraten. Vor Jahren einmal hatte er seine schwangere Frau vom Heuwagen gestoßen; sie hatte darauf, um weniges zu früh, den kleinen, weißhaarigen Otto geboren, der jetzt gesund und fröhlich umherlief. Und sie selbst, die Frau, hatte ihrem Eheherrn immer die Stange gehalten und Ausflüchte erfunden, wenn sie sich zu einem der Nachbarn, dem Stellmacher oder dem Fischer, zu retten gezwungen war.

Dieses Mal war es anders. Wenn man sie fragte, vertuschte sie nichts. Das Gerücht von den schlimmen Dingen erfüllte und erregte das ganze Dorf; die Entrüstung war so groß, daß Barleben, auf den man von allen Seiten mit Unwillen sah, sich nicht getraute, den Diebstahl des Geldes anzuzeigen und untersuchen zu lassen. Kaps selber aber bekam Lust, seinen Handel mit Barleben gerichtlich auszutragen, und eines Tages ging er zum Schiedsrichter.

Dieser war der Besitzer des Schulzenguts, ein ruhiger, kluger und gerechter Mann. Als er Kaps soweit hatte, daß er sich ausdrücklich beklagte, Barleben bezichtige lügnerischerweise den Jungen des Diebstahls, stand er auf, schlug mit der Faust auf den Tisch und fuhr Kaps zornig an. Er sagte: »So! also! so fest wie ans Evangelium glauben Sie an die Unschuld Ihres Jungen! Und dann prügeln Sie ihn tagtäglich, daß es ein Vieh erbarmen könnte. Sie sollten sich was schämen. Und ich sage Ihnen, so ungern ich mich um anderer Leute Dinge kümmere, nimmt das nicht ein Ende bei Ihnen, so zeige ich Sie der Staatsanwaltschaft an. Solang ich im Ort bin, ist mir ja so etwas nicht vorgekommen.« Damit zog Kaps ab, und das Wohlwollen des Schulzen, wie das des Lehrers, wie das des ganzen Dorfes, prügelte wieder den Knaben und keinen sonst, machte kein Unrecht gut und lüpfte nicht den dünnsten, lose liegenden Schleier.

»Es kuriert sich von selber aus«, sagen die Leute, wenn das Übel *sie* nicht juckt, – und oft auch, wenn es sie juckt.

## 5

Während alledem hatte der Winter seinen kristallischen Zauber ausgeübt. Ein Nebelring trennte die Nacht vom Tage und den Tag von der Nacht. Aber zwischen den Zeiten der Ringe war der Himmel der Tage und der Nächte rein, unbewölkt und unverschleiert. Wiewohl der Sonnenbogen noch immer kleiner wurde, strahlte doch um jeden Mittag klingend und seidenleuchtend die Himmelswölbung über der Trübe des Horizonts auf. Die Seen froren zu, der Fischer mußte aufhören zu fischen, und konnte bald wieder, da das Eis trug, anfangen damit. So gleichmäßig war das Wetter, daß die Zeit stille zu stehen schien und niemand mit Unwillen bemerkte, daß die Tage kürzer wurden.

Es war eine schöne Zeit für das Dorf, die Zeit der tiefsten Erholung von dem unaufhaltsamen Abrollen des Jahres. In den Wäldern wurde Gruben- und Bauholz geschlagen; so hatten die Armen Brot und die Wohlhabenderen, die das Holz abfuhren, guten Verdienst. Der saubere Klang der Äxte scholl durchs Gehölz, das Knarren der Wagen, Zuruf an die Pferde, die sich ins Geschirr legen mußten, wo der Weg nicht eben war.

Nur Kaps hielt seine Pferde im Stall, wo sie doch nicht rund wurden; und der gleichmäßige Zug der Tage ließ die

Sorgen der Mutter und die Leiden des Sohnes zu immer schlimmerer, wesenloser, gespenstischer Angst auswachsen.

Franz war sehr blaß geworden, sein Gesicht mager; doch nie hatte er sich sorgfältiger die Haare gescheitelt, nie sein geflicktes Jäckchen reinlicher gehalten. In der Schule und mit den Kameraden war alles ins Gleiche gebracht, aber zu Hause schlug die unhemmbare Woge an die Grundfesten seines Wesens, daß es zitterte und sich neu ordnete.

Auch in seiner Mutter ging eine Veränderung vor. Immer war sie unsicher und zaghaft gewesen, weil sie nicht wußte, ob ihr Mann wild oder zahm sein würde. Jetzt war sie nicht mehr im Zweifel, was sie zu erwarten hätte; sie konnte sich vorbereiten, verhärten und zur Abwehr feststellen.

Eines Abends, als eben die Sonne, noch ziemlich hoch über dem Horizont, dunkelrot glühend in dem dichten, drohenden Nebel vorzeitig erlosch, stand sie mit ihrem Jüngsten am Fenster. Franz saß auf der Ofenbank, die Hände flach auf die Kniee gelegt, und lächelte vor sich hin. Draußen war es still, und von der Langsamkeit, Unaufhaltsamkeit und Lautlosigkeit des Naturvorgangs ging ein Gefühl aus, das jeder Sorge den irdischen Stachel nahm, das das Gemüt untätig und wehrlos machte und mit himmlischer Bitterkeit erfüllte. Es war eine solche Stunde, die, wenn er sich einmal ihr stellt, den Menschen lehrt, daß das Kleid seiner Tage, um das er hat arbeiten müssen, das er säubern und flicken muß, aus einem Gespinst gewoben wird, dessen Fäden vom Wocken der Ewigkeit gezogen werden. Die Augen, die in solche Stunden blicken, werden größer, und damit sie ihre Ruhe behalten, muß der Atem langsam und tief gehen. So stand Frau Kaps mit ihrem Kinde. Es blies kalt durch die lockeren Scheiben, und sie erschauerte. Zum erstenmal in diesen Wochen kam Verzweiflung über sie; sie drückte die Stirn fest und immer fester gegen die Scheibenrahmen; so verharrte sie lange; als sie wieder aufsah, hatte sich ein flammendes Kreuz auf ihre Stirn gezeichnet. Die

Abendröte war einem mächtigen, breit goldenen Licht gewichen, das heller als das Tageslicht erschien; kleine Wölkchen schwebten über dem Lichten.

Sie hatte einiges Besinnen nötig, ehe sie sich zu der Zeit zurückfand. Dann sah sie auf den kleinen Knaben und staunte: Seine Augen waren groß und blinkend, von einem schwebenden Feuer blinkend und von der Trauer, die kleine Kinder in den Augen haben, wenn man sie milde in das Abendlicht schauen läßt. Sein Gesicht leuchtete in einem bleichen Goldschein, und so still war es und so still die Augen, daß es der Mutter scheinen konnte, das Licht falle nicht von außen auf des Kindes Antlitz, sondern strahle von innen von ihm aus. So sehr sie das Bübchen anstarrte, wandte es doch nicht seine Augen und sah mit dem gleichen, frommen Wesen still in den Abend. Da dachte sie, ohne den Kopf nach ihm hinzudrehen, an Franz, und umfing, zum erstenmal mit Gedanken, die nicht bloß auf *einen* Gegenstand, nicht bloß auf eine *gegenwärtige* Sorge gerichtet waren, ihre beiden Kinder: den Vierjährigen, der hier im Hause heranwachsen würde, acht Jahre hindurch, bis er ein Zwölfjähriger wäre wie Franz, und Franz, der jetzt schon in den Konfirmationsunterricht ging und in anderthalb Jahren eingesegnet sein würde, wie vor drei Jahren der Älteste eingesegnet war, – der Älteste, der das Vaterhaus im Trotz verlassen hatte und auf fremdem Hofe Knechtesarbeit tat. Die Jahre standen vor ihr, die so hastig herankommen, die, wenn man sie durchlebt, zerfetzt und zerrissen werden, und wenn man sie nachher sich vorstellt, so regelmäßig und unerbittlich sind und Regelmäßigkeit und Ruhe der Arbeit von dem Gewissen fordern, das sie schonen sollen.

Sie begann zu schlucken, konnte die Brust nicht zum vollen Atmen ausdehnen, und in zwei Tränen zersplitterte das Licht ihrer Augen. Da konnte sie atmen. Sie stellte das Kind auf die Erde und rief Franz an: »Franz, paß auf Otto auf. Ich gehe ins Dorf.«

Franz erschrak. »Mutter«, sagte er leise und bittend. »Ja, was denn, Junge«, erwiderte sie, und da sie von ihren Gedanken ganz erfüllt war, achtete sie die Angst des Knaben, der die Heimkehr des Vaters fürchtete, geringer und vergaß, sie zu schonen. »Ich bin wohl schon zurück, ehe er kommt«, sagte sie, »und wenn ich noch nicht da bin, es wird ja nicht gleich schlimm werden, ich kann doch nicht immer bei dir sein.« Franz bat nicht mehr und schwieg. Die Ungeduld in der Stimme seiner Mutter traf ihn mit einer Härte, die ihn dort in seiner Seele verletzte, wo kein Schlag des Vaters hintraf und wo er fein und heimlich geworden war. Die Mutter machte sich zurecht, und bevor sie ging, sagte sie, und Hoffnung und Zuversicht waren in ihrem Ton: »Wart' nur, Franz, ich komm' bald wieder, und ich bring' vielleicht Gustav mit.«

Die Kinder waren allein. Das Zimmer wurde schummerig in den Winkeln; das Abendlicht, das durch die Fenster quoll, wurde trüber und brauner; die Wölkchen, die den immer noch lichten Himmel scheckten, waren dunkelrot, und das sah aus wie die buntgeschälten Birkenstämme vor der Werkstatt eines Stellmachers.

Die Kinder schauerten in der Kälte.

Plötzlich dröhnte in die tiefe Stille vom See her ein Schuß, der sich heulend ausschwang und verlor. »Horch! was heult da so?« fragte Otto. »Das ist der Winterwolf«, antwortete Franz. »Der Winterwolf? Was ist denn das?« Franz erzählte ungelenk ein Märchen: Der Winterwolf ist so groß wie ein Elefant. Er jagt auf dem Grunde des Sees Hecht und Wels, so eifrig, daß er nicht daran denkt, wenn der See zufriert und das Eis immer dicker wird, und der Wolf ist gefangen. Wie er Luft schnappen will und in die Höhe schießt, stößt er mit dem Kopf gegen das Eis, daß es knallend birst, und er heult so wütend dazu, daß man es eine halbe Meile weit hört.

Die Augen des Kindes funkelten voll freiwilliger, freudiger Angst. Wie kam ihm der See ungeheuer vor und doch überschaubarer als jemals, wenn er am Ufer gestanden hatte.

Er hörte dem Bruder so eifrig zu, daß dieser sich selbst vor seiner Erzählung zu ängstigen anfing und beim klaren Bewußtsein seiner Erdichtung ein Gitter von Grauen immer dichter um sich zog, bis er endlich nicht mehr zu sprechen wagte. Sie hielten sich beide still. Die Nacht war übergroß über das Dorf gehüllt und klang noch unterm zunehmenden Frost öfter vom Heulen des Winterwolfs.

Draußen klinkte die Tür, und die Kinder lösten sich aus dem Bann. Die Mutter kam mit Gustav zurück. Aufgeregt, mit funkelnden Augen, sobald sie Licht gemacht hatte, betrachtete sie den Sohn, der stattlich und ruhig, ganz wie es einem Bauersmann ziemt, auf der Ofenbank niedersaß und nichts mehr fragte noch sich verwunderte.

Die Mutter ging in die Küche, um ein reichlicheres Abendbrot als sonst zu rüsten. Als das Feuer auf dem Herd flackerte, kam sie zurück und hieß Franz Bier aus dem Wirtshaus holen. Sie gab ihm Geld und ging nachdenklich hinaus.

Er hatte sich in einer scheuen und zärtlichen Art mit dem Bruder begrüßt. Der hatte ihn mit Zuversicht, fast mit Lachen aufgemuntert und ihm versprochen, für ihn zu sorgen und ihn zu schützen.

Franz verstand nicht ganz diese selbstgefällige Sicherheit und glaubte ihr nicht ganz. Für ihn war, wie für jedes Kind, das Leben im Elternhaus so vielfach verstrickt, daß er nicht begriff, wie man sich ihm entziehen könnte, ja nicht einmal, wie man sich ihm entziehen wollte. Gustav hatte sich berühmt; er war draußen gewesen, hatte unter fremdem Dache geschlafen, an fremdem Tisch gegessen und fremden Acker gepflügt. Er hatte die Knechte und Mägde kommen und gehen sehen und erfahren, wie frei ein jeder Mensch ist, der es will. Er wußte, daß es nur einen Knacks kostete, und man könnte den Zwang des Vaters und seine böse Art abschütteln.

Und siehe da, die Hoffnung, die ihn mit des Bruders Worten hatten trösten wollen, verfehlte es an Franz, und ihm war nicht wohl dabei. Zu nahe, zu nüchtern rückte ihm der Schutz, dessen er nun sicher sein konnte, auf den Leib. Sollte nun alles ein Ende haben? Nebel, Traum und Weite, Angst und das übermenschliche Gefühl des Schmerzes sich ins Unsichtbare auflösen? Ja, zu nahe, zu nüchtern kam das Leben wieder, das so fern und hallend und frei wie ein Hund im Forst gejagt hatte. Der Bruder wußte, wie dem Vater beizukommen, wie der Vater zu behandeln sei; die Mutter sah Ziel und Arbeit vor sich, und Franz spürte, daß sie ihn weniger lieben würde.

Die Eifersucht nagte an ihm, die den Menschen manchmal überkommt, wenn der, den er liebt und der ihn liebt, weniger unglücklich und dadurch bestimmter wird.

Denn es gibt ein allgemeines Gefühl des Unglücks, darin wir uns wohl fühlen, als hätte nun das Schicksal keine Macht über uns. Hört es auf, so beginnt wieder das eiserne Spiel von Ursache und Wirkung, und wir scheinen uns mechanischer als vorher, härter und uninteressanter.

Standen nicht die Häuser alle so nüchtern trotz der Dunkelheit da? Klangen nicht seine Pantinen auf dem Erdboden nüchtern? Die Kälte zog ihm die Brauen zusammen, legte ihm einen Reifen um die Brust und scheuchte die Gedanken. Er ließ sich von der drückenden Gleichgültigkeit bannen, und immer fester schnürte es sich ihm um die Brust, was er doch mit dem bloßen Willen und drei Atemzügen hätte sprengen können. Nicht einmal die Furcht, im Wirtshaus den Vater zu treffen, stöberte ihn auf.

Der Vater war nicht dort, wohl aber Barleben. Der hielt sich von ihm fern und sah ihn doch mit seitwärts gedrehtem Kopf verächtlich an. Aber er ertrug sein eigenes Hinsehen nicht lange, und mit einem Einziehen des Halses wie ein Raufbold ging er zur Seite und setzte sich mit dem Rücken zum Zimmer an einen Tisch. Der Wirt hatte unterdessen die Flaschen hervorgeholt und wischte sie, da sie voll feuchten Sandes waren, ab. Dabei sagte er mit dem Wohlwollen eines

Mannes, der Schulden bezahlt: »Na, Franz, nu ist das Geld da.«

Franz sah mit gleichmäßigem Ausdruck zu ihm auf. »Ja, Junge, du kannst was zum besten geben, die zwei Taler sind da.« Franz antwortete nicht. »Oder weißt du's am Ende schon?« »Nein«, sagte Franz. »Da geh zum Schulzen hin, bei dem kannst du dich bedanken.«

Franz schwieg noch immer, er sah zu Boden, und seine Augen wurden heiß. Der Wirt wollte, schimpfend über das dumme Gebaren, auftrumpfen; aber dann wäre er seine Erzählung und obenein vor den Ohren des Besiegten nicht losgeworden, und auch das bessere Gefühl, das die Aufklärung eines Unrechts in keinem Herzen ohne Freude läßt, hielt ihn zurück. Er erzählte, um den Knaben aufzumuntern, in burschikoser Manier, daß der Schulze gerade in dem Augenblick in einen Eisenwarenladen im Nachbardorf getreten sei, als der junge Barleben ein eben erstandenes vielklingiges Messer mit einem blanken Taler hatte bezahlen wollen. Der Schulze hatte den Kauf sofort zurückgehen lassen, den Burschen ins Gebet genommen und ihn vermocht, den Diebstahl einzugestehen und die zwei Taler herauszugeben. Der Wirt schloß seine Erzählung mit einem Rat: »Du darfst dir das nicht gefallen lassen, Franz; sie müssen dir eine Ehrenerklärung in die Zeitung setzen.«

Als Franz nach Hause ging, war er nicht wie einer, dem ein Glück widerfahren ist. Plump war der Knoten gebunden, plump ward er gelöst. Und wenig ging das ihn noch an, das eine und das andere. Einen Augenblick dachte er daran, daß morgen in der Schule die Lösung bekannt sein würde; es würde einen neuen Lärm geben, nachdem längst alles still geworden war; er würde, wenn er wollte, auf den Wellen dieses Tumults hoch oben schwimmen können, – es lockte ihn nicht. Das Bild verschwand, ehe es noch ins Drehen gekommen war. Der Kältereifen war von seiner Brust gewichen, die Gleichgültigkeit schwärzte sich zur Trauer. Zu Haus fand er die erstarrte Gruppe einer eben geendigten heftigen Szene zwischen Vater, Mutter und Bruder. Die Mutter stand an der Wand, keuchend, aber mit triumphierenden, groß aufgerissenen Augen. Zuweilen klangen ihre Zähne aneinander. Gustav, strack und sicher, und der Vater, der die Faust auf die Tischplatte geschmettert hatte, daß die Knöchel bluteten, standen am Tisch.

Franz blieb an der Tür. Alle schwiegen. Da drehte sich der Vater unter kurzem Lachen auf dem lahmen Bein um und packte Franz an der Brust. Aber ehe er zuschlagen konnte, ehe er den Knaben auch nur schütteln konnte, hatte Gustav ihn zurückgerissen, daß Franz hinterher stolperte und alle drei gegen den Tisch fielen. Und Gustav sagte ruhig: »Und das hat nun auch ein Ende. Wer mir den Jungen anrührt, der Junge ist gut, er hat keinem was getan – wer mir den Jungen anrührt, der kriegt es mit mir zu tun. Das soll sich jeder merken. Das kannst du jedem sagen, Vater.« Der Gedemütigte suchte nach einer Antwort, aber fand keine. Wie vorhin in der Auseinandersetzung mit seinem Sohn über die Neuregelung der Wirtschaft fühlte er sich auch jetzt unterlegen, und der Respekt vor der kräftigen Faust und dem gesunden Willen ließ ihn sich fügen. Er taumelte zur Tür, aber auf der Schwelle drehte er sich noch um und begann ein sinnloses, tobendes Schimpfen gegen seine Frau. Er beschuldigte sie unsittlicher Gelüste, nannte sie mit häßlichen Namen und trieb sich so durch Flur und Hof mit einer Vorspiegelung, als sei er der Sieger. Sie antworteten nicht und ließen ihm das letzte Wort, das noch von der Dorfstraße herklang und sich nur allmählich verlor.

Der kleine Otto, der sich mäuschenstill auf seiner Rutsche verhalten hatte, kam aus seinem Winkel hervor, und lustig schimmerte sein weißes Haar im Schein der Lampe auf. Er schaute mit pfiffigem Gesicht zu seiner Mutter empor und zwang sie zu sich hin. Sie seufzte tief, erleichtert, wie nach bösem Traum, streichelte ihn und meinte, es sei Zeit für ihn, zu schlafen. »Laß ihn noch auf, Mutter«, sagte

Gustav, der nicht wollte, daß über die Ereignisse des Abends viel gesprochen würde.

Selbviert saßen sie am Tisch, aßen und tranken. Franz schaute auf den großen, langsamen und doch so jugendlich frischen Bruder; er wollte ihm sagen, was er im Wirtshaus gehört hatte, und unterließ es doch, weil es ihm zu wenig und den stummen Dank zu stören schien. Die Mutter nahm mit ihren Blicken die drei Söhne zusammen, wie eine fröhliche Witwe. Sie gingen alle früh zu Bett, und schnell kam der Schlaf.

Nur Franz blieb überwach. Der Schlaf packte ihn am Hinterkopf und zog ihn, Kopf voran, eine sausende Fläche herab, daß die Schultern meinten, sie bohrten sich tief in die Kissen und die Füße zu schweben schienen. Die Müdigkeit schälte sich von seinen Beinen wie Borke vom Baum, und einen süßen Augenblick glaubte der Knabe, in die friedvollste Ruhe eingebettet zu sein. Aber gleich wieder fuhr der Kopf in die Höhe, der Körper fühlte sich aus der Ausdehnung, Auflösung schreckhaft in seine Grenzen zurückgepreßt, und die Wachheit riß ihm unerbittlich die Augen wieder auf. »Sie schlafen alle«, dachte er, »jeder schläft seinen Schlaf, morgen sind sie frisch und gehen an die Arbeit. Morgen –« und mit einem Male sah er den Schulzen in einen Laden treten, der Laden wurde zu einem Eisenwarenladen – jede Fuge an den Schüben war sichtbar, jeder Messinggriff blitzte. Auf dem Ladentisch lag ein riesengroßes Messer mit unzähligen Klingen – – und schon konnte der Knabe die Vorstellungen nicht mehr halten, sie wuchsen ins Traumland hinüber, und ihn ergriff wieder der Schlaf und ließ ihn wieder los. So im ängstlichen Wechsel brachte er viele Stunden zu, bis er es einmal nicht mehr spürte, daß die Hand des Schlafes ihn ergriff, und da hielt sie ihn wirklich fest.

## 6

Als er am nächsten Tag aus der Schule kam, empfing ihn die Mutter triumphierend mit der Nachricht von der Entdeckung des Diebes. Ihr Wesen war ganz aufgefrischt, und sie kostete ihre Genugtuung bis auf den Grund aus, mit immer wiederholten Beschimpfungen gegen das feindliche Haus. Franz mußte im Laufe des Gesprächs gestehen, daß er die Nachricht schon gestern abend gehabt habe. Die Mutter war unwillig über sein Schweigen und gab ihm ihren Zorn zu verstehen und zu kosten.

Franz fühlte sich gänzlich abgesetzt. Stolz, Eitelkeit, der Wunsch, geliebt und umsorgt zu werden, die Auszeichnung des Leidens: alles dieses wurde ihm genommen: die verzauberte, verhexte Welt trat in ihre Ordnung zurück; und Franz hatte keinen Drang, sich ihr anzubequemen.

Die neue Führung der Wirtschaft machte sich, wenn auch natürlich noch nicht in ihrem letzten Segen, so doch in allen unmittelbaren Wirkungen kund; sogar der Alte entzog sich ihr nicht. Gustav hatte wieder, gleich den andern Fuhrwerksbesitzern, das Abfahren von Bauholz übernommen. Die Pferde verlangten ihr Recht, die Zeit maß sich wieder nach den Stunden der Arbeit. Der klingende Wagen fuhr am Morgen mit Gustav und dem Vater weg und kam am Abend und jetzt im Schritt zurück. Dann wurde gegessen, und der Alte humpelte ins Wirtshaus.

Franz bewunderte den Bruder, dessen kleiner Schnurrbart weiß und zierlich die schweigsame Lippe schmückte, dessen Scheitel immer gerade und unverzaust war. Aber er, der sich sonst immer fröhlich auch zu Arbeiten gedrängt hatte, für die er noch zu jung war, nahm jetzt keinen Teil an dem tüchtigeren Wesen des Hauses. Er war unlustig, und das Schmerzen des Wachstums in den Beinen machte ihn oft bis zur Erbitterung ungeduldig. Eine Gärung, als stiege schon der Frühlingssaft in den Bäumen, trübte ihn; und bisweilen wachte er auf, so lange er im Bette lag: mit der Gewißheit, etwas Wundersames geträumt zu haben. Was es gewesen sein könnte, bekam er nicht zu fassen; wenn er sich im Bett aufrichtete, schwand die Qual seines Suchens zu einem ärgerlichen Punkt zusammen; und verließ er das Bett, so war nichts da als der nüchterne, kalte, irdene Tag, der ihn nicht brauchte.

An einem Sonnabend, als er vom Konfirmandenunterricht aus dem Pfarrdorf kam, war das Wetter, so dumpf es schien, voll besonderer, heimlicher Ruhe. Die heimkehrenden Knaben schwatzten weniger als sonst; einige gingen paarweise ganz stumm nebeneinander, unter diesen Franz. Die Kälte stieg ihm von innen ins rechte Auge, es blinkte feucht und tat ihm lustig weh. Er sah oft verstohlen um sich und bemerkte etwas, was er so noch nie bemerkt hatte und freilich auch jetzt nicht verstand: daß es schön sei, über diese Erde zu gehen. Der Horizont war an den freien Stellen verschleiert und an den mit Wald gesäumten von einem seltsam lebensvollen, seelenvollen, farbigen Schwarz. Die kahlen Bäume, an denen der Blick vorbei mußte, der sich zum Himmelsrand verlieren wollte, hinderten und lockten die Augen und standen wie aus Metall getrieben, ruhig und sinnvoll in ihrer Gestalt da.

Als er nach Hause kam, waren Gehöft, Haus und Zimmer gleichfalls aus ihrer Nüchternheit und Sachlichkeit erlöst, und Franz wurde von Zärtlichkeit erfüllt. Er ging der Mutter in die Küche nach und bat, sie solle Kartoffelkuchen backen; die esse Gustav so gern, und er wolle sie ihm in den Wald bringen. Die Mutter lachte und wies ihn ab. Da wurde er ganz stürmisch und bat so eigen, mit einem Lächeln so blank wie ein Spaten, der täglich arbeitet, daß die Mutter ganz außer Zeit und Ordnung ihm willfahrte. Sie sagte nur: »Dann mußt du aber die Kartoffeln reiben.« Eifrig versprach es der Knabe. Die Mutter wusch, indes Franz geschäftig hin und her lief, die Kartoffeln, schälte sie und gab sie ihm mit einem Reibeisen in der Schüssel auf die Knie.

Franz begann zu reiben; nach kurzer Zeit aber stellte er die Schüssel in die Ecke und lief hinaus in die Scheune, drängte sich durch das hintere Scheunentor, das in seinen beiden Hälften klaffte, und lief über den Garten zum See hin. – –

Es mochte eine Viertelstunde vergangen sein, da kam mit seinem schweren Schritt, aber eilender, als sonst, der Nachbar – der Fischer – über den Hof. Frau Kaps kam aus dem Stall. »Na, was bringen Sie Gutes?« fragte sie den Fischer. Er, mit einer versteckten Hast, fragte dagegen: »Wo sind denn Eure Leute alle?« »Na«, sagte sie verwundert: »Vater und Gustav sind in der Heide, und Franz reibt Kartoffeln in der Küche. Ich sollte ihm ja durchaus Plinze backen für Gustav.« Eben tappte Otto heraus. »Na, das ist man gut«, sagte der Fischer mit einem Ton von Erleichterung und doch sich umsehend, als suche er etwas und glaube die Auskunft der Frau nicht. »Was ist denn?« fragte Frau Kaps ängstlich. »Na, es ist ja nichts, es ist ja gut«, antwortete er; »ich brachte vorhin Netze an den See, wir wollen zu Eise fischen, und da war es mir so, als ob ich bei euch unten einen auf dem See gesehen hätte. Es war mir so, als ob er schlidderte, und mit einemmal war er weg.«

Die Frau wurde totenblaß. »Jesus Christus!« sagte sie: »Franz!« Als es nicht antwortete, fing sie zu zittern an und hielt sich an der Wand. Die Schwäche war so groß, daß sie gleich weinte.

Der Fischer sah sie ernst an, und obgleich er schon vom See gekommen war und nicht mehr zweifelte, ging er ins Haus, schaute in die Küche und in die Stube. Er kam zurück. »Es wird ja nichts sein«, sagte er, »das Eis ist einen halben Fuß stark, lauter trockener Frost, man kann mit einem Heuwagen darüber fahren. Wo ich Löcher gehauen habe, stecken Strohwische. Wenn er man bloß nicht bis zum Fließ hingeschliddert ist, das ist noch offen, und da nahebei ist das Eis dünn.« Er verließ eilends das Gehöft. Der kleine Otto greinte; Wasser, der Hund, strich mit eingezogenem

Schwanz um das Haus. »Sei still, Junge!« schrie die Frau überlaut und drückte das Kind auf die Erde nieder. Dann lief sie um das Haus herum in die Scheune, öffnete die Scheunentore weit und rannte zum See. Über das Eis her kamen mit Haken und Stangen der Fischer und sein Sohn.

Wieder rannte die Frau zurück. Wie eine Schwalbe, die Junge in einem Nest im Stall hat, von Menschen, die hereinkommen, aufgescheucht wegfliegt, gleich wieder zurückkommt, wieder wegfliegt und wieder ängstlich und mutig zurückkehrt, so lief sie vom Haus zum See ein paarmal.

Nach einer langen, langen Weile brachten der Fischer und sein Sohn mit vorsichtigem Schritt den ertrunkenen Knaben daher. Die Mutter sah sie und trat von der Schwelle wie zu einem Ansprung zurück.

Sie trugen ihn über die Schwelle, da wurden die Dielen naß; sie legten ihn aufs Bett.

Dann gingen sie, nach spärlichen, stockenden Trostesworten; der Alte mit unbeweglichem Gesicht, nur daß die Falten alle sich tiefer eingegraben hatten; der Junge, den Kopf aufgeworfen, trotzig und wie einer, der den geringsten Angriff mit einem Faustschlag erwidern will.

Die Mutter setzte sich zu Füßen des Toten auf das Bett. Tränenlos starrte sie in das vorschnell sich verdunkelnde Zimmer. Immer wilder werdende Herzschläge, sichtbar wie eines Vogels Puls, erschütterten sie, und eine immer wildere Kraft erfüllte sie, fast bis zum Jubel. Erst als ihr Mann und Gustav, verstört von der Nachricht, laufend, redend, heimkamen, brach sie zusammen.

Aber am nächsten Tage ging sie zum Erstaunen aller in die Kirche, weil sie sich zum Abendmahl angemeldet hatte. Aufrecht ging sie mit ihrer zierlichen Gestalt, das schwarze Umschlagetuch um die Schultern und die Augen groß und rund. Die Glocken klangen nicht klar.

In der Nähe der Kirche trat eine große, wankend ungefüge Frauengestalt auf sie zu – Frau Barleben. Schüchtern reichte sie der Trauernden die Hand hin und sagte: »Verzeih mir auch, was ich an dir getan habe. Der arme Junge!« Frau Kaps antwortete: »Deine Hand fasse ich nicht mehr im Leben und im Sterben. Und wenn du jetzt mit mir zum Abendmahl kommst, ich stoß' dich von der Bank, bevor du trinken kannst.«

Da duckte die große Frau sich, wehrte sich nicht und ging nach Hause.

Während sie in der Kirche waren, begann es zu schneien. Die ersten, zitternden, kristallenen Flocken lösten sich gequält, wie abgesprengt aus der Luft; dann wurde das Gestöber dichter, die Flocken größer, das Licht verlosch in weiter, weiter Dämmerung, und die weiche Last sank unaufhörlich auf die Erde nieder. Es schneite Tag und Nacht und wieder Tag und Nacht. Am Dienstag wurde der Knabe begraben.

Und wenn ein Wanderer draußen gegangen wäre auf den ungetrennten Feldern, so hätte er den Gesang des Chorals »Jesus, meine Zuversicht« wie durch verhüllte Ohren gehört. Aber die Glockenklänge hätte er vernommen, als seien sie vom Ort ihres Ursprungs kräftig und lebendig aufgesprungen, dann aber, von der daunendicken Luft gehemmt, gleichsam noch bevor sie das Ohr erreicht, kraftlos niedergesunken in den Schnee.

Der Wanderer erreicht die Heerstraße und kommt an Häusern vorbei. Er biegt ab und kommt durch Dörfer. Die Wege sprießen allerorten hin, wahr, gesetzmäßig und unregelmäßig wie Baumgezweige. Und überall sind Dörfer, und an allen Straßen stehen Häuser.

# DIE TOBIAS-VASE

I

An einem Frühjahrsabend stand der Pfarrer eines kleinen märkischen Dorfes am Zaun seines Hofes und sah einem Bretterwagen nach, der eben vom Sand auf die gepflasterte Straße klomm und sich auf dieser klappernd entfernte. Der Pfarrer stand noch, als das Fuhrwerk verschwunden war, dann wandte er sich nach dem Hofe. Er begegnete seiner Frau, und in der Art von Leuten, die einen Ärger nicht anders als in der Form des Vorwurfs zu äußern wissen, sagte er zu ihr: »Ich bin sicher, daß sich Seiffert wieder betrinken wird – heute wie jeden Sonnabend; wir hätten ihm einen so kostbaren Transport nicht anvertrauen dürfen. Warum bin ich nur nicht bei meinem ersten Gedanken geblieben, ein eigenes Fuhrwerk zu nehmen, das die Vase abholt!« Die Frau, die weder des Kutschers Nüchternheit verfochten, noch sich dem Gedanken, ein eigenes Fuhrwerk anzunehmen, im geringsten widersetzt hatte, schwieg bei den wenig freundlichen Worten; aber ihre grauen Augen nahmen einen Ausdruck von Hilflosigkeit an, sie kehrte sich ab und ging ins Haus.

Der Pfarrer sah ihr beschämt nach. Er wußte wohl, daß ein Wort genügt hätte, das liebevolle Gleichgewicht zwischen ihnen herzustellen; aber er wußte auch, daß das Wort schon im Herzen sich gleich wieder unfreundlich verwandeln würde, sobald er es auf die Lippen würde zwingen wollen. Zu gern verstockte er sich; er wußte es und konnte doch nur schwer dagegen kämpfen. In Unbehagen schritt er den Hof auf und ab. Drüben verließ eben der Schullehrer sein

Haus, grüßte und trat zur Kirche ein; und nach wenigen Minuten schollen die Feierabendklänge in breiten, schweren Wellen aus den Schallöchern des Glockenstuhls heraus. Die Augen des Pfarrers senkten sich, und nach seiner Gewohnheit nahm er eine andächtige Haltung an, bis das Läuten von den dreimal drei Schlägen an die große Glocke geendigt wurde.

Es dauerte kaum so lange, wie das Ohr des Pfarrers den schon verklungenen Ton noch zu empfinden glaubte, als sich dem Hause ein etwa vierzehnjähriger Knabe näherte. Er ging in eigentümlicher Weise wackelig und stützte sich fest auf einen derben Krückstock. Als er auf den Hof getreten war, klinkte er erst mit der Hand, die den Stock hielt, die Tür sorgfältig ein, dann fuhr er herum und sagte: »Feierabend, Herr Pastor!« und hielt ihm die linke, von Hobelspänen kraus umquollene Faust hin. Er roch erst einmal noch selber an den Spänen, dann drückte er sie dem Pfarrer in die Tasche: »Das habe ich Ihnen mitgebracht.« Der Pfarrer ließ es sich gefallen, bedankte sich, meinte aber spöttisch: »Du hast es schön eilig, Tischlermeister; hast wohl nur gerade darauf gewartet, daß es Abend läutet!«

Der Bursche ließ seinen starken Körper auf den zu schwachen Beinen hin und her schwanken, und indem sich sein volles, rosiges Gesicht in einem Lachen breit zog, erzählte er: »Ich habe schon über eine Stunde kein Handwerkszeug mehr angerührt. Der Meister hat mir den Hobel weggenommen. Und weil er wütend war, habe ich mich auf die Hobelbank gesetzt und ihm zugesehen. Meister Haube schimpft immer wie nicht klug, wenn ich ihm die Bretter verderbe. Dabei bezahl' ich sie ja.«

Der Pfarrer machte ein ernstlich tadelndes Gesicht und sagte: »Wenn du etwas nicht recht machst, so wird es dadurch nicht gut, daß du den Schaden bezahlst. So klug solltest du, bald ein großer Mensch, wohl schon von selber sein. Was gäbe das wohl für eine Ordnung, wenn man all den

Unfug anrichtete, den man nachher bezahlen kann. Fensterscheiben sind auch nicht teuer, aber der würde dich wohl schön ansehen, dem du sie einwürfest.«

Kaum hatte er das gesagt, so riß der Junge blitzschnell eine Schleuder aus der Tasche, ließ den Stock fallen, und ehe der Pfarrer hatte zugreifen können, war ein Steinchen nach dem Giebelfenster unter dem Dach gezielt und geworfen. Das Geschoß flog zu hoch, fiel klappernd auf die Ziegel und kollerte den moosigen Abhang des Daches herab. Der Junge sah dem Pfarrer erwartungsvoll in die Augen; und dieser, der schon den Arm des Missetäters am Gelenk ergriffen hatte, nahm mit demselben spöttischen Lächeln, mit dem er dem Knaben schon einmal begegnet war, die Schleuder aus der noch aufgesetzten Faust und sagte: »Nun also, du kannst ja nicht treffen. Du bist immer zu stolz, Gaston; du zielst immer zu hoch. Jetzt nimm mal deinen Stock auf.« Der Knabe tat es, und der Pfarrer fuhr fort: »Nun wüßt' ich doch gern, woher du die Schleuder hast. Du hast sie gekauft? Von wem?« Der Knabe zog beleidigt eine Grimasse. »Gekauft? Das wär' wohl ein Kunststück! Gemacht hab' ich sie mir, ganz allein. Die Holzgabel habe ich von einem Kirschbaum in der Allee geschnitten; – sehen Sie: dann wird ein Endchen Strippe an jedes Horn gebunden, und an jede Strippe ein Endchen Gummischlauch, und dann wird wieder mit zwei Bindfaden das lederne Tellerchen angebunden, das den Stein aufnimmt. Und wissen Sie auch, Herr Pastor, wo ich das Leder her habe? Sehen Sie: doppelt ist es genommen. Das habe ich von Ihrem großen Lederlappen abgeschnitten, mit dem Sie sich das Rasierzeug putzen, – Sie haben es nicht einmal gemerkt.«

Das mußte der Pfarrer zugeben, und er tat es mit anerkennender Miene. Dann aber sagte er, indem er unauffällig die Hand mit der Schleuder hinterm Rücken versteckte: »Du könntest mir wohl jetzt einen Gefallen tun, Gaston. Geh doch einmal zum Meister Haube zurück, und bitte ihn, mir Handwerkszeug zu leihen, womit ich eine hölzerne Kiste öffnen kann.« »Handwerkszeug?« fragte Gaston, »dazu braucht man nicht groß Handwerkszeug. Hammer und Stemmeisen genügen.« »Schön«, sagte der Pfarrer, »so bring mir Hammer und Stemmeisen.« Gaston ging, und der Pfarrer steckte die Schleuder in seine Tasche zu den Hobelspänen.

Der Knabe war der Sohn jüdischer Eltern, die bei dem Brande eines Theaters umgekommen waren. Er war von einer geistigen und körperlichen Verfassung, daß es sich nicht empfohlen hatte, ihn in eine öffentliche Schule zu tun. Da er reich war, konnte eine vorteilhafte Gelegenheit, ihn aufs Land zu geben, abgewartet werden; und diese fand sich, als der Pfarrer, selbst kinderlos und mit der Neigung zum Erziehen begabt, durch Freunde mit dem Vormund des Knaben bekannt gemacht wurde. Nach kurzen Verhandlungen war der Junge als Pflegling ins Pfarrhaus gekommen.

Er wurde vom Pfarrer und vom Lehrer privatim unterrichtet, und mit leidlichem Erfolg. Nur weil allmählich zu fürchten stand, daß in der zunehmenden Fettheit und Trägkeit seines Körpers sein Geist ganz ermatten könnte, ließ der Pfarrer den Jungen bei Handwerkern arbeiten, die alle ihn willkommen hießen, der vieles verdarb, aber den Schaden reichlich ersetzte. Lange hielt er es nirgends aus; seiner Neigung, es sich auf dem Schusterschemel bequem zu machen, widersetzte sich der Pfarrer und brachte ihn endlich beim Tischlermeister einigermaßen zur Ruhe.

Während Gaston zu der Werkstatt zurückging, durchmaß der Pfarrer wieder den Hof mit hastenden, ungleichen Schritten. Es war schon dunkel geworden, und die kalte, gelbliche Ferne, die eben noch ausgesehen hatte, als würde sie ohne Sang und Zauber sich unmittelbar in die Nacht verlieren, wurde entzündet. Hin und her gehend sah der Pfarrer abwechselnd die immer wildere Glut des Abends von den spärlich belaubten Kronen der Bäume im Garten schwarz gegittert, und, sich umwendend, den toten Himmel im Osten, leise verklärt von dem rötlichen Schein, der sich anschickte, an der Himmelswölbung emporzuschweben, der Sonne nach. Die Luft war kühl, und der Pfarrer rieb sich beim Gehen die mager und starr gewordenen Finger.

Er hoffte und wartete darauf, daß seine Frau aus dem Hausflur treten und ihn zum Essen rufen würde. Aber mochte sie Gaston haben fortgehen sehn, oder hatte sie sich verspätet, – sie kam nicht, und der Pfarrer gab sich an bedrückende abendliche Empfindungen hin, die ihn oft heimsuchten, und immer dann, wenn dem Untätigen ein Tag zu schnell oder zu langsam, eigenwillig, vor den ins Leere zugreifenden Händen vorbeiglitt.

Fast mit Erstaunen sah er Gaston zurückkehren; und erst als er hinter dem Knaben den Tischlermeister Haube selbst daherschlurren sah, fand er sich zurück und ging vor das Tor.

Der Meister kam heran und grüßte mit Würde, indem er seine saubere Hand, an der die Nägel rötlich glänzten, gegen die Mütze hob. Mit der Linken reichte er dem Pfarrer Hammer und Stemmeisen hin. Der Pfarrer bedankte sich; und da der alte Mann so ein Wesen hatte, vor dem einem leicht das Gefühl kam, daß man sich wegen irgend etwas entschuldigen müsse, erzählte er ihm, was es mit der Kiste, die er erwartete, für eine Bewandtnis habe. Sein Freund Thornow aus Neuenrode – den ja der Meister kenne und erst in der letzten Woche bei sich in der Werkstatt gesehen habe – habe ihm nämlich das Freundschaftsstück erwiesen, ihm eine Vase zu arbeiten, mit schönen bunten Farben und Figuren. Heute abend komme das Prachtwerk an; Seiffert, der mit der Milch zum Bahnhof sei, bringe es mit, und hoffentlich bringe er es heil und ganz mit.

»Ich will gegen Ihren Freund gar nichts sagen, Herr Pastor«, meinte der zweifelsüchtige Meister, »er mag ja wohl in seiner Art ein tüchtiger Mann sein und seine Sache verstehen, so mit Töpfen und Schüsseln und ähnlichem Kram.

Aber was er mir vergangenen Dienstag von der Tischlerei erzählt hat, das war nichts, Herr Pastor.«

Der Pfarrer ließ sich zum Eifer hinreißen, obgleich er den alten Besserwisser kannte:

»Meister Haube«, sagte er, »graue Haare und Erfahrung in Ehren. Sie haben aber einen Sohn, bedenken Sie das, und die Zeit bleibt nicht stehn. Ich glaube, daß Sie noch manchen Vorteil haben könnten, wenn Sie auf Thornow hörten, der kann mehr als Brot essen. Sie wissen doch, es hat dem Schmied in Neuenrode nichts geschadet, daß er ihn in sein Feuer hat blasen lassen.«

»Wie war es denn mit dem Schmied?« fragte Haube feindselig.

»Er sollte Türbeschläge machen, für die Remisen auf dem Jagdschloß. Da hat ihn der Thornow überredet und hat ihm eine Zeichnung gemacht, ganz was Einfaches, was der Schmied mit Hammer und Zange fertig bringen konnte, aber es war so was dran. Der Jagdherr hat ein Auge dafür gehabt, und heute macht der Schmied in Neuenrode, ich weiß nicht, wohl über fünfzig Meter Zaun.«

»Herr Pastor«, sagte der Tischlermeister unwillig, »dawider habe ich gar nichts zu sagen. Ihr Freund, der mag Ihnen ja wohl einen Topf machen – Junge, was lachst du?«

Gaston, der eifrig zugehört hatte, schüttelte sich vor Lachen.

»Ih, scher dich weg«, sagte der Meister, »– der mag Ihnen ja wohl einen Topf machen, Herr Pastor. Den stellen Sie sich in die gute Stube, kochen wird Ihre Frau nicht drin, und der Jagdherr in Neuenrode hat ja auch nichts anderes zu tun –! Aber ich laß mir nicht dreinreden, Herr Pastor. Hören Sie, Herr Pastor, ich habe als Geselle in einer Furnierschneidemühle gearbeitet, und ich habe Furniere geschnitten, so dünn wie ein Zeitungsblatt. Ihr Freund kann mir nichts sagen. Guten Abend, Herr Pastor.«

Damit grüßte er und scharrte auf seinen Lederpantoffeln, immer den Kopf in die Höhe zuckend, davon. Gaston, der sich nicht hatte verscheuchen lassen, meinte: »Übermorgen werd ich mal zusehen, ob ich das Brett, das er mir gibt, auch so dünn hobeln kann wie ein Zeitungsblatt.«

»Komm nur jetzt hinein«, sagte der Pfarrer.

Er empfand die Nutzlosigkeit, ja Sinnlosigkeit solcher Gespräche.

In seinem empfindlichen Gewissen entschuldigte er die Stumpfheit der Antworten, denn die Fragen waren auch nur so obenhin ausgegangen, ohne wahren Ernst und damit die Zeit zerstreut würde.

Noch einmal blieb er auf dem Hofe stehn, und sah nach Abend, von wo es düsterer durch das Gezweig der Bäume glühte. Die scheue Röte, die vom Osten her gekommen war, hatte, ehe sie sich in den Flammenabgrund stürzte, noch auf einigen festgeballten Wolken eine Stätte gefunden. Der Pfarrer schaute aufmerksam hin. Der Knabe prüfte abwechselnd die Augen seines Lehrers und die Wolken am Himmel. Dann schob er seinen Arm durch den des sinnenden Mannes und sagte: »Die Wolken sehen alle aus wie die Insel Island.« »Junge, was weißt du von der Insel Island?« »Sie ist auf der Karte ganz oben links, und es gibt auf ihr den Hekla und den Krabla.« Er lachte und wiederholte: »Den Hekla und den Krabla, Herr Pastor.«

So gingen sie ins Haus, und als sie auf der obersten Treppenstufe waren, stand die Pfarrerin in der Flurtür. Anstatt mit Worten zum Essen zu bitten, reichte sie ihre Hand hin und zog den Pfarrer an sich heran. In dem dunkeln Flur sprach sie scherzend zu Gaston, an der Brust ihres Mannes vorbei.

Das Zimmer, worin sie aßen, war von der Holztäfelung an Wänden und Decke und von der fast ins Schwärzliche übergehenden Farbe der schönen eichenen Erbmöbel sehr dunkel. Die Lampe auf dem Tisch führte einen Kampf gegen das Düster der Ecken, der den Raum bewegte und ihn immer aus der Ruhe störte, in die er immer versinken wollte. Der Tisch war weiß gedeckt und reichlich mit Gerät und Essen bestellt.

Sie saßen, der Pfarrer und Gaston einander gegenüber, die Frau an der Schmalseite des Tisches. Eine Magd kam und brachte auf einem Tablett Teekessel, Tassen, Kännchen, alles aus chinesischem Porzellan, auf einer gelblichen Decke zierlich geordnet. Mit ihr hatte sich ein kleiner Hund ins Zimmer gedrängt, der lebhaft seine schwarzgrauen, langen, dichten Haare schüttelte und kläffend an Gastons Beine sprang. Von diesem unwillig abgewiesen, kroch er auf seine Herrin zu, mit Schmeicheln und Heucheln, weil er ein schlechtes Gewissen hatte. Sie schalt ihn nicht, sondern neigte sich, ergriff ihn im Nacken und hob ihn mit ihrer schönen, kräftigen Hand in ihren Schoß. Schließlich ließ sie ihn wieder zur Erde springen, und er nahm an der Mahlzeit und an der Geselligkeit auf seine Weise teil.

Im Gemüt des Pfarrers zerstreute sich das trübe Gewölk, das zu gern und zu oft über ihm schattete. Die Spannung, mit der er immer noch dem Geschenk seines Freundes entgegensah, schnellte ins Angenehme um. Er erzählte, nicht zum erstenmal, von dem Besuch in der Werkstatt des Freundes, bei welchem die Abrede getroffen wurde, daß der Künstler über seine sonstige Übung hinausgehen und ein Gefäß mit Figurenschmuck schaffen sollte. Es war wohl zu merken, daß er sich etwas darauf zugute tat, eine so entscheidende Anregung gegeben zu haben; und doch war aus jedem seiner Worte die Liebe und die Bewunderung zu hören, die ihn in ein ungewöhnlich zartes und heftiges Verhältnis zu Thornow setzten. Gern hätte er mit seiner Frau wieder einmal alle Umstände des Freundes durchgesprochen; aber Gaston war zugegen, für dessen Ohren es nicht von Vorteil war, Meinungen über erwachsene Leute zu hören. So zog er, als das Abendessen beendigt und das Geschirr abgetragen war, vor, mit dem Knaben zu scherzen, ihm von der Vase zu erzählen: wie sie schön sei und mit Figuren geschmückt, auf die Gaston sich nur freuen solle, denn es laufe dabei auch für ihn auf eine Überraschung hinaus.

Der Knabe verhielt sich, seiner Art nach, wenig neugierig, und seine Augen blinkten fast spöttisch, wenn er merkte, daß der Pfarrer am liebsten das ganze Geheimnis verraten hätte. Dieser fing bereits an, sich über die Trägheit des Burschen zu ärgern; und so wäre vielleicht wieder Unbehagen und Gereiztheit aufgekommen, wenn nicht endlich draußen ein Peitschenknall das zurückgekehrte Fuhrwerk angekündigt hätte. Da sprang der Pfarrer auf, und der Hund lärmte mit ihm zum Hause hinaus. Der Kutscher war betrunken, doch mit Maßen, gab seine Langsamkeit für Umsicht aus, polterte mit den leeren Fässern, wehrte dem Hund, – aber der Pfarrer tummelte ihn so, daß er alles Reden ließ und Hand anlegte, wie es sich gehörte.

Sie brachten die Kiste in das Bibliothekzimmer, dort stand schon die Pfarrerin mit einer Lampe und Gaston mit dem Handwerkszeug. Seiffert entfernte sich in krampfhaft würdevoller Haltung, wiederholt grüßend, nachdem er sein Trinkgeld eingesackt hatte. Der Hund hörte zu toben auf, und es wurde still.

Der Pfarrer zog einen Stuhl vor die Kiste, nahm aus Gastons Hand Hammer und Stemmeisen, setzte sich und prüfte die Kiste. Sie war an den Rändern mit Weidenruten beschlagen, die zuerst abgesprengt werden mußten. Der Pfarrer schob das Stemmeisen unter, – da blickte er noch einmal auf, sah seine Frau, die mit der Lampe dastand, sah den Knaben und den Hund. Seine Augen begannen, mit einem erstaunten, fast beklommenen Ausdruck sich im Zimmer umzuschauen, er stand auf, legte still das Handwerkszeug auf die Kiste und schob es mit der flachen Hand noch ein wenig von sich.

»Ich glaube«, sagte er, »es hat Zeit bis morgen. Ich weiß gar nicht, was ich mit dem ganzen Tag und Abend heut' angefangen habe. Morgen ist Sonntag, und ich habe noch an meine Predigten zu denken.«

Die Pfarrerin stellte die Lampe aus der Hand; ihr Mann trat auf sie zu: »Ich will noch arbeiten und werde auch oben schlafen. Gute Nacht, Liebste.« Sie gaben sich die Hände, und die Frau sagte: »Schlafe recht gut. Die Lampe ist oben und alles in Ordnung.«

»Ich danke dir schön«, und er nickte und grüßte sie mit den Augen, »schlaf gut. – Du kannst auch bald zu Bett gehn, Gaston; gute Nacht.«

Er ging hinaus und stieg im Dunkeln die Treppe zu seinem Dachzimmer hinan.

## 2

Am nächsten Morgen ließ der Pfarrer sein Interesse an der Vase und alles, was damit zusammenhing, hinter dem zurückstehen, was seines Amtes war. Das Haus war hell vom klaren Morgenlicht, darin bewegte sich Tier und Mensch zwecklos, mußevoll, der Pfarrer sah es nicht. Schon lange, ehe der Wagen vorgefahren war, der den Pfarrer in das zweite Dorf seiner Parochie bringen sollte, wußte Gaston, daß er heut' zu Hause bleiben müsse.

Es war ein kühler Tag, eines kühlen, zurückhaltenden Frühjahrs. Noch waren, obgleich es nicht weit von Pfingsten war, die Birken nicht zu ihrem reinen, grünen Laub entfaltet; wo sie dicht gedrängt das Vorholz zu fernen Kiefernwäldern bildeten, breiteten sie zartgoldene Schleier über den schwärzlichen, winterlichen Grund. Noch war das jubelnde Zusammendrängen nicht zu spüren, worin im Frühjahr alles Wachsende zu einem Strom des Lebens sich einigt, – sondern Baum und Strauch und Saat standen noch in ihrer ängstlichen, dürftigen Vereinzelung da. Über Nacht hatte es kräftig geweht, und die magere Feldmark war auf der Wanderung gewesen, der Wind hatte den Sand zu lauter kleinen, dünenartigen Wellen zur Ruhe gelegt – frostig sahen die unbebauten Felder aus. Aber die Luft, angenehm von der Sonne gewärmt, schmeichelte dem Gesicht des Fahrenden, und da es windstill war und er keine Sandkörner zwischen die Zähne und in die Augen bekam, so fand er sich zu Spiel und Traum mit sich geführt, ganz wie er es gewollt hatte. Über den Feldern gaukelten, schwarz flimmernd im Flug, die Kiebitze, und als das Fuhrwerk an Wiesen entlangfuhr, die an dem schmalen Band eines kleinen Flusses aufgereiht waren, lärmte aus tausend Vogelkehlen der Tumult des neuen Jahres.

Der Pfarrer predigte, besuchte Kranke und Greise, – mit Verklärtheit und freudig tat er alles. Wenn er in diesem Zustand war, empfanden die Pfarrkinder sein Wesen noch fremder als sonst, noch unpersönlicher. Er wiederum fühlte wohl, daß das Wort, das er ausschickte, nicht Ruhe und Herberge fand bei den Herzen, zu denen es kam; von dem einen grob, gleichgültig vom andern wurde es zurückgeworfen. Und nicht immer hatte der Pfarrer die Kraft, das verirrte wieder bei sich aufzunehmen; sondern er konnte mit Bitterkeit zusehen, wie es unterwegs verkam und verdarb.

Ja, er sah »das Wort«. Und heute schwebte das geflügelte, helle Ding frei und fröhlich in der Luft, als sei es um seiner selbst willen da und nicht, um Botschaften vom Geist zu den Herzen zu tragen.

Er war kein Narr und war kein Kind. Die bloße Tatsächlichkeit eines noch kostbareren, noch edleren Geschenks, als die Vase es sein konnte, hätte nicht vermocht, ihm wichtiger als für die Laune einer Stunde und eines Tages zu werden. Aber eine eigentümliche Anlage seines Charakters, eine fast krankhafte Dankbarkeit, regte bei Ereignissen, wie dieses war, sein Innerstes auf. In dichterischem Spiel fügte und ordnete er die Elemente: er sah das Gefäß und überdachte das eigensinnige Arbeiten des Freundes in Kunst und Handwerk: er probierte Entwürfe zu den Darstellungen auf der Vase, – die hatte er selber aufgegeben, es sollten Szenen aus der Tobiasnovelle sein, seinem Lieblingsstück aus den Apokryphen; sie war ihm wie ein lieblicher Vorspuk zu dem Haushalt und der Laufbahn des Heilands selbst, in idyllischer Verkleinerung fast ähnlich reich an Bildern; er wob aus ihren Fäden ein unsichtbares Netz, mit dem er nach der Seele des ihm anvertrauten Knaben haschen wollte, – und wieder trat die unerschütterte Gestalt des Freundes beherrschend in das Spiel; dann dachte er, wie seine Frau die Vase behüten, säubern, schmücken würde, und da wurde die Frau vor seinen träumenden Augen groß wie ein Riesenfräulein, das Mann und Kind und Haus und Gerät mutwillig mütterlich in seiner Schürze trägt.

Als er nach Hause kam, tat er keine Frage nach der Vase, und nur einmal, während des Essens, sprach er die Erwartung aus, daß Thornow kommen würde. Nach dem Essen stand er lächelnd auf, auch seine Frau stand auf und lächelte, und Gaston stemmte sich auf seinen Stock, der Hund war nicht im Zimmer. Dann gingen die drei in das Bibliothekzimmer, und dort stand auf der Platte eines großen Bücherschranks, in Tischhöhe, endlich die Vase.

Der Pfarrer stieß einen freudigen Ruf aus, so prächtig strahlte die Vase, und so herrisch stand sie da.

Auch dieses Zimmer hatte einen düsteren, zumindest ernsten Charakter; die Täfelung, mit der die Wände belegt waren, war dunkel und ersichtlich alt; der Pfarrer, ein wohlhabender Mann, hatte sie auf einer Reise in der Schweiz als echt, aus dem Ende des sechzehnten Jahrhunderts stammend, gekauft. Die hohen Schränke verstärkten den Eindruck, der sonst wohl fast bedrückend sein mochte: jetzt aber stand die Vase da und sandte die lustigen, kräftigen Feuer ihrer Farben verschwenderisch nach allen Seiten.

Der Pfarrer trat nicht näher, lange blieb er betrachtend auf demselben Fleck.

Gaston unterbrach die Stille, der die Freude des Pfarrers vornehmlich respektiert hatte, weil er eine große Freude über diese Freude in den Augen der Frau bemerkte. Schließlich konnte er sich jedoch nicht länger halten und fragte: »Herr Pastor, wo ist denn nun meine Überraschung an dem Topf?« Der Pfarrer wachte auf, ging näher und untersuchte nun, wie der Freund die Geschichte des Tobias dargestellt habe. Aber da fand er etwas ihm Neues, auf den ersten Blick Unvertrautes, so daß er sich nicht gleich zurechtfinden konnte.

Die Erscheinung des Fisches war das Thema, das er mit dem Freund verabredet hatte.

Thornow also, der ein Rationalist sein mochte, hatte Mitleid mit dem guten, zu langer Wanderung verpflichteten Jungen gehabt, und hatte den Tobias, als er ihm gar zu müde schien, genommen und auf einen derbzierlichen, niedrigen Kinderwagen gesetzt. Und wie es wohl Darstellungen gibt, auf welchen die Kirche, in Gestalt eines Papstes auf einem Wagen sitzend, von den symbolischen Begleitern der Evangelisten gezogen wird, von dem Engel und dem Löwen, dem Ochsen und dem Adler, so hatte auch Thornow seinen Tobiaswagen bespannt. Er hatte dem Hündchen und der Ziege Geschirre angelegt und der Schwalbe einen Faden als Zügel in den Schnabel gehängt; und da diesen Dreien nicht recht zu trauen war, so hatte der breit und schwer beflügelte Engel Raphael einen derberen Strick genommen, an dem er das Gefährt hinter sich herzog.

So waren sie, zwar nur widerwillig einig, doch verträglich gewandert, bis sie an einen See kamen. Als sie dem Ufer seitlich hatten folgen wollen, waren die Wellen des Sees empört worden, aus denen sich drohend ein mächtiger Fisch erhob. Da stockten die Räder, der zottige Hund stutzte und hemmte, auf die Vorderfüße gestemmt, seinen Lauf; die Ziege sprang in die Quere und glotzte mit den immer verwunderten Augen noch verwunderter darein; die Schwalbe, die eben nach einer niedrig fliegenden Mücke geschnappt hatte – denn ein Gewitter kam über den See – schoß segelnd in die Höhe; und Tobias hob, aus dem Dämmern der Müdigkeit auffahrend, in Märchengrauen das zarte Gesicht. Der Engel aber hatte sich umgedreht und umfaßte mit seinen treuherzigen, listigen Augen das ganze Gesinde.

Dieses war der Augenblick des Bildes, dessen lebhafte Hartfeuerfarben einen glühenden Sommer ausstrahlten. Schilf umflüsterte das Ufer des Sees, und die Räder des Wagens standen in Gräsern und Blumen. Von links nach rechts war der Zug gerichtet. Alle Formen, Vließ und Horn der Ziege, Gras und Blume, Hundezottel und Schwalbenflügel, das Wams des Knaben und der Mantel des Engels, ja sogar die Hexenmeistermützen auf beiden Köpfen, hatten etwas Zierliches, Auseinanderspritzendes, was dem Bilde einen lustigen, exotischen Anschein gab.

Dem Pfarrer gefiel das alles, aber es befremdete ihn auch, und er fühlte, daß er seine Lust zu der seinem Pflegling zugedachten Exegese hieran vorläufig nicht würde üben können. Darum, als ihn Gaston wieder mahnte, besann er sich kurz und fand eine Erklärung.

Er nahm aus einem Fach des Schrankes eine Mappe heraus, suchte darin und brachte eine Photographie zum Vorschein. »Du weißt«, begann er, »daß ich gerne diese Blätter ansehe, und eines der liebsten ist mir das, was ich hier in der Hand habe. Das aber ist mir auf eine Weise, die du noch nicht verstehst, überflüssig geworden, und ich schenke es dir.«

»Schön«, warf die Pfarrerin ein, »und ich werde es dir rahmen lassen, und du magst es dir in deinem Zimmer aufhängen.«

»Oh, ich danke Ihnen, ich danke Ihnen«, sagte Gaston und gab beiden die Hand. Er war verlegen und sah ohne seine spöttische Art auf das Blatt, das er ungeschickt hielt.

Der Pfarrer setzte sich und lud den Jungen an seine Seite, die Frau nahm einen Platz am Fenster ein und sah herüber.

Es war etwas Wohltuendes in der an Gaston auffälligen Bescheidenheit, und der Pfarrer gab einem alten Wunsche nach, an des Knaben Gemüt zu rühren, ob es einem minder irdischen Klange würde widertönen können.

Er begann: »Was du auf diesem Blatt siehst, weißt du doch?« Der Knabe, der sich auf Bildern leicht zurechtfand, sagte: »Ja! Hier sind drei Engel und ein Junge.« »Nun, und was hat der Junge in der Hand?« »Einen Hecht!« Das paßte dem Pfarrer nicht ganz, und er wiederholte: »Einen Hecht, ja, einen Fisch!«

Und da verließ ihn schon die sokratische Methode, und statt zu fragen, erklärte er: »Das ist nämlich Tobias mit dem Fisch, und eigentlich müßten dich die drei Engel sehr wundern, denn in der Geschichte kommt nur einer vor. Du kennst doch die Geschichte?«

Da aber hatte die Befangenheit des Jungen ein Ende, der Schalk flunkerte in seinen Augen, als er die Frage in einer Weise beantwortete, wie wenn er einem guten Spaße zustimmte. Der Pfarrer merkte es gerade nicht, aber es wirkte doch auf ihn, so daß er in Hast geriet.

»Du weißt«, hub er an, »wie sie an den Fluß Tigris kommen und der müde Knabe seine Füße waschen will, da fährt der große Fisch wider ihn, als ob er ihn wollte verschlingen. Und als Tobias erschrickt und mit lauter Stimme schreit: Herr, er will mich fressen, – sagt der Engel zu ihm: habe keine Angst, greife fest zu, zieh ihn dir heraus. Sein Herz, seine Galle und seine Leber enthalten dir eine köstliche Arznei. Ja, mein Lieber, du lachst, ich sehe es wohl, das ist noch schlimmer als erschrecken. Du weißt eben noch nicht, was du hörst. Ich habe dir oft gesagt: wenn du dich zusammennimmst und deine guten Gaben nicht im Stiche läßt, so sollst du Dinge zu lernen bekommen, die dich mit dem Schönsten auf der ganzen Welt bekannt machen. Griechisch sollst du lernen, und wir wollen mal gleich einen Anfang machen. Hier ist ein Fisch. Merke dir: Fisch heißt auf griechisch Ichthys. Sprich es nach!« Gaston sprach es nach, aber der Pfarrer wußte nicht, wie fortfahren und veränderte also gänzlich den Ton: »Ichthys, in diesem Wort sind die Anfangsbuchstaben eines Satzes enthalten, welcher lautet: Jesus Christus Theou Vios Soter; das heißt auf deutsch: Jesus Christus, Gottes Sohn, Heiland. Und darum war den ersten Christen, die noch dem Geheimnisse des Herrn nahe waren, der Fisch ein bedeutungsvolles Zeichen. – Mein lieber Gaston, wenn ich mit dem Tobias an den Fluß Tigris käme und der große Fisch ihn erschreckte, so würde ich auch sagen, wie der heilende Engel Raphael: habe keine Angst, du mußt ihn fest anfassen; sein Herz und Galle enthält dir wunderbare Heilkraft.«

Dem Jungen wurde bei diesen Worten doch eigen zumute, sie hatten geklungen, als würden sie gar nicht zu ihm gesprochen, als wehten sie hoch über ihn und kalt hinweg. Denn der Pfarrer, der eine ähnliche Rede oft im Geiste gehegt und vorbereitet hatte, spürte, während er sprach, um wie viel gröber seine Absicht in der Wirklichkeit erschien und daß sie wie eine ordinäre Proselytenmacherei allen Zauber verlor; und die Scham darüber hob den Klang seiner Worte ins Ungewisse.

Er stand auf, reichte dem Jungen den Stock und sagte: »Weißt du was? Geh mal nun auf dein Zimmer und such' dir eine Stelle, wo du das Bild hinhängen willst. Miß auch, wie groß der Rahmen sein soll. Und da eine kahle Stube durch ein Bild noch kahler wird, so sieh nur gleich zu, wo du ein paar andere Bilder hinhängen magst; die sollst du haben, sobald du sie forderst.« Gaston ging.

Der Pfarrer blieb mit seiner Frau in bewegter Unterhaltung, die sich um den Freund und seine Arbeit drehte. Und hierbei bedachte der Pfarrer nicht, daß seine Frau den ganzen Vormittag im Hause gewesen war, und daß sie das, worüber er sie belehren wollte, schon wissen mochte.

## 3

Am späten Nachmittage kam Thornow. Er begrüßte die Freunde und wußte ihrem Lob und Dank aufs beste zu begegnen und ein natürliches Ende zu machen, indem er ihnen nicht erst wehrte. Er verkehrte fast brüderlich mit dem Pastor, brüderlich auch in einem gewissen nachlässigen gegenseitigen Vorbeihören; dabei aber hatte gegen die Pfarrerin sein Betragen nichts von der Vertraulichkeit, die leicht mit der Frau eines so nahen Freundes hätte eintreten können.

Die Magd brachte Kaffee und kräftig duftenden Kuchen, und die drei setzten sich zu einer rechten Sonntagnachmittagsfriedseligkeit zusammen. Thornow, im Gegensatz zum Pastor, mischte seinen Kaffee stark mit Milch, und gleichfalls im Gegensatz zu ihm aß er große Stücke von dem frischen Gebäck. Hierbei sahen ihm der Pfarrer und seine Frau, wie gewöhnlich, wenn er aß, verstohlen und mit gemeinsamer Freude zu; denn er hatte eine fast zierliche Art, den Kuchen in kleinen Stückchen abzubröckeln, schnell in den Mund zu schieben und behende zu kauen, alles mit solcher Sauberkeit, daß kaum ein Krümchen über seinen wie das Vlies eines Lammes in festen, kleinen Löckchen krausen Bart zur Erde fiel. Sein Mund war klein und ernst, seine Augen lächelten, die ganze Gestalt war gedrungen und trug den starken, blonden Kopf auf kurzem Hals.

Es war natürlich, daß ihm aufs neue Lobsprüche über seine Arbeit auf den Kopf fielen; er duckte sich und ließ sie vorübergehen, mit so großem Gleichmut, daß der Pfarrer veranlaßt wurde, zu bemerken, er habe den Freund doch schon oft über seine Kunst reden hören, noch nie aber mit so ruhigem Gewissen wie heute: »Man merkt dir an, was du dir innerlich sagst: ich habe meine Schuldigkeit getan, indem ich das Ding machte, und brauche kein übriges zu tun, indem ich es beurteile, – das ist seine Sache. Ist er zufrieden, so ist es gut für ihn; ist er es nicht, so mag er versuchen, sich zu helfen; ich bin fertig, – ich habe einen Auftrag gehabt und habe ihn ausgeführt.«

Als er das Wort »Auftrag« mit einiger Betonung aussprach, fingen beide Freunde zu lachen an; die Pfarrerin sah verwundert auf sie und fragte nach dem Grunde der Heiterkeit. Anfänglich versuchte man sie hinzuhalten, als sie aber auf ihrem Willen bestand und erklärte, derartige Hieroglyphen in ihrem Verkehr nur ungern zu dulden, sagte der Pfarrer behaglich:

»Nun gut, so sollst du eingeweiht werden. Was das für ein wunderliches Kind Gottes ist, dieser Töpfermeister Thornow, habe ich dir ja genugsam erklärt, und du weißt es auch aus eigener Erfahrung. Wenn ich an die Schulzeit denke, Thornow, – ich sehe dich noch in deinem schönen geräumigen Zimmer, das damals schon mehr ein Atelier als eine Gymnasiastenbude war! Er knetete und griffelte in allen freien Stunden; er hatte eine Sucht, sich in allen möglichen Übungen zu versuchen; er schnitzte Holz, backte Ton, er machte in seinem biederen eisernen Kanonenofen den ersten Gießversuch, indem er aus Flaschenkapseln über verlorener Form einen Aschenbehälter goß. So habe ich ihn auch auf dem Gute seines Vaters hantieren sehen: in der Schirrkammer, in der Schmiede, beim Pflügen, überall war er bereit, wo es anzufassen galt, und sein Vater scherzte, er würde einen guten Knecht, aber einen schlechten Inspektor abgeben. Nie werde ich es verstehen, daß ein solcher, geborener Künstler nicht den Schulsack hinwirft, sobald er kann; und wie früh warst du doch ein freier Mensch, Thornow. Obwohl ich glaube, daß dein Vater dir nichts in den Weg gelegt hätte, – nach seinem Tode und bei deinem bequemen Vormund hielt dich überhaupt nichts mehr. Und doch bleibst du bis zum Punktum Streusand auf dem Gymnasium und gehst dann gar auf die Universität! Warum? Zu welchem Ziel? Und was hast du davon gehabt?«

Thornow antwortete trocken: »Erkläre deiner Frau nun aber endlich, was es mit dem ›Auftrag‹ für eine Bewandtnis hat.« Der Pfarrer fuhr lebhaft und mit einiger freundschaftlicher Bosheit fort:

»Denn schließlich ging er doch auf die Akademie, und verließ sie wieder, und jetzt sitzt er in Neuenrode und macht Töpfe und lehrt ein halbes Dutzend märkische Büdnerjungen gleichfalls Töpfe machen. Dabei steht heute noch wie je sein Sinn nach großen Bildern, die möglichst festlich die Erscheinung des Geistes im Leben darstellen.

Und wenn man ihn fragt, warum er solche Bilder nicht male, so sagt er nicht etwa, daß er zu spät auf die Akademie gekommen sei, und den Geist der Kunst wohl in seinem Geist, ihr Handwerk aber nicht in seinem Gelenk habe, sondern macht sich, in der Art von Dilettanten, die ihr Unvermögen mit Hilfe von allerlei Psychologie zu einem besonderen Verdienst stempeln, eine schöne private Erklärung zurecht. Er sagt nämlich, er würde auf der Stelle die schönsten Bilder malen, wenn man ihm den Auftrag dazu gebe; ohne Auftrag könne er nicht malen.«

Es war nun doch in diesen Worten, ohne daß der Pastor es wußte, eine Schärfe, zu der, da die besprochenen Verhältnisse ja nicht neu waren, kein Grund vorlag. Seine Frau fühlte sich peinlich beunruhigt, so bekannt ihres Mannes Weise ihr war; Thornow aber sagte, ganz zur Pfarrerin gewendet: »Das wahrhaft Lustige hierbei ist, daß Severin jedesmal, wenn ich mich so ausspreche, glaubt, ich beabsichtige, einen Witz zu machen. Während ich es doch ernst und simpel meine. Ich meine es so: man gebe mir einen Auftrag zu einem großen Bild, und ich werde ein großes Bild malen.«

Die Pfarrerin wägte und prüfte diese Worte, ob sie nicht doch einen Schalk verbärgen. Als aber ihr Mann darüber lachte, durchs Zimmer ging und allerlei Rufe über die Verdrehtheit des Freundes ausstieß, fühlte sie sich angeregt, einen wahren Sinn bei Thornow zu vermuten. Und sie fragte: »Warum aber malen Sie nicht ein Bild, wie Sie glauben es zu können, und überlassen der Zeit, ob jemand kommt und es kauft und Ihnen durch die Wahl Ihres Bildes etwas wie einen nachträglichen Ersatz für den Auftrag gibt.«

»Das wäre kein Ersatz«, sagte Thornow, »das wäre Indemnität.«

»Was ist das?«

»Das ist, wenn ein Minister eigenmächtig hunderttausend Taler ausgibt, und nachher kommt der Reichstag und verzeiht es, und tut so, als ob er den Minister beauftragt habe, hunderttausend Taler auszugeben.«

»Ganz verdreht«, meinte der Pastor.

»Es stimmt nicht«, sagte die Frau, »und Sie sollen mich nicht verwirren. Wenn man die Gabe hat, ein Stück Zeit, Leben festzuhalten, es aus der Vergänglichkeit zu reißen, ohne es dem Tode zu überliefern, – das muß, denke ich mir, eine schöne Sache sein.«

»Das ist es sicherlich«, sagte Thornow.

»Warum also malen Sie nicht?«

»Was soll ich malen?« Draußen irgendwo mußte sich ein Fenster gedreht haben, denn ein Streifen hellstes Sonnenlicht fiel jäh ins Zimmer.

»Alles«, sagte die Pfarrerin.

»Ja, alles«, erwiderte Thornow, und seine Augen waren strahlender dabei als die der schönen, ihm gegenübersitzenden Frau. »Daß man indessen nicht alles abmalen könne hintereinander, sieht ein jeder ein. Stückwerk aber anzufangen, davor hat die Menschenseele Angst. Und noch etwas: Ein Mann, der um diese Dinge besser Bescheid wußte als irgendein anderer, hat gesagt, daß am Ende der Künstler nichts zu geben habe und nichts gebe als seine Individualität. Jetzt denken Sie sich, daß ich mich in meinem Zimmer einschließe und mich damit beschäftige und mich dafür bezahlen lasse, daß ich meine Individualität darstelle. Individualität als Beruf, – ein netter Beruf. Nein«, sagte er, und sein vorhin doch wohl zweideutiger Ton wurde entschieden. »Ich will es weder auf die Individualität noch auf die Natur absehen, wenn ich Kunst mache. Und darum: bitte um einen Auftrag.«

»Was würde es helfen«, warf neckend der Pfarrer in die Nachdenklichkeit ein, »gibt man dir schon einen, so kommt die Künstlereifersucht dazwischen, und du drückst dich um ihn herum. Oder wagst du zu behaupten, daß das hier mein Tobias sei oder überhaupt irgendein vernünftiger, schriftgelehrter Tobias?«

Und so standen sie wieder vor der Vase, und der Pfarrer fragte, zum Ernst einlenkend: »Es ist wohl nicht bloß Eifersucht? Erzähl' uns!«

Thornow willfuhr ihm gern, und hatte bisher den Pfarrer und seine Frau das Werk, fertig und siegreich wie eine Improvisation, hingerissen, so sahen sie jetzt sein Werden, die Einzelheiten, Zufälligkeiten, Nachträglichkeiten, die sich fester ineinanderflochten, als dem ersten genießenden Blick offenbar sein konnte.

Noch mehrmals erneute sich die Betrachtung und mit ihr das Werk den Freunden; und als auch Gaston dazu kam und der Hund sich einfand, gab es manchen Spaß, zum Verdruß des Jungen, dem es nicht schmeichelte, wenn Thornow ihn mit dem Tobias verbrüderte. Der Tag verlief heiter und reich, und nach dem Abendessen blieben sie noch beim Wein zusammen, bis Thornow, nicht lange vor Mitternacht, aufbrach.

Der Sommer, der lange zurückgehalten hatte, erschien schnell und flüchtig und war schon dahin, als die Klagen, daß er nicht kommen wollte, kaum noch vergessen waren. Mit stürmischem Regenwetter näherte sich die Erntezeit, und die überheißen Tage, die wie von einer wildlaunigen Hand in die bewölkten, stumpfen Wochen geworfen wurden, schienen dem Korn mehr zu schaden als zu nützen. Der Pfarrer – der aus dem Warthebruch stammte – sah auf seinen sonntäglichen Fahrten durch die Parochie der drohenden Mißernte mit Bedauern entgegen; als aber schließlich das Ergebnis der Ernte mit Zahlen annähernd geschätzt werden konnte, war er erstaunt, festzustellen, daß seine Pfarrkinder, die den ganzen Sommer über mit Kopfschütteln und mit Stirnkräuselung zum Himmel aufgesehen hatten, eher noch eine günstigere Ernte vermelden mußten als im vergangenen Jahr. Sie wirtschafteten fleißig mineralischen Dünger in ihren dürren Boden, und hatten gerade in nassen Jahren reichliches und gesundes Korn.

So klar der Pfarrer sonst dachte, empfand er doch etwas wie Unbehagen, als er das Schicksal des Landmanns, das ihm, wie kein anderes, unmittelbar mit dem Leben der Erde, der Luft, des Lichtes verknüpft schien, sich so listig unter der Herrschaft der über ihn gesetzten Mächte fortstehlen sah. Doch war das keine bloße dumme Grille; er fühlte, daß, wie sie den Regen überlisteten, sie sich auch dem Gotte entzogen, der ihn schickte. Gerade daß er versucht war, ihnen übel auszulegen, was auf der ganzen Welt kein Mensch ihnen übel gedeutet hätte, bewies ihm wieder, wie fremd er gegen sie und sie gegen ihn waren, und daß er mit seinen Gemeinden wenig anders als durch das Amt verbunden war; mehr noch als früher zog er sich auf das Spiel persönlicher Geisteswünsche zurück.

Hierbei spielte das Geschenk des Freundes eine über sein Erwarten große Rolle. Sie war ihm im Laufe der Monate nicht zum Symbol verflüchtigt, sie hatte ihre Realität und Gegenwart erhalten. Zwar hatte er sich mit dem Inhalt der farbigen Darstellung so vertraut gemacht, daß er, gefragt, um Deutungen nicht verlegen gewesen wäre. Er hätte Beziehungsreiches über den Menschen zu sagen gewußt, der, in seinen Traum verloren, auf die Wahl eines Augenblicks der Wahrheit gegenübergestellt wird, und hätte wohl den Hund, die Schwalbe und die Ziege auch an seinen Wagen binden können. Aber sobald er immer anfing, solcherlei Exegese zu treiben, unterbrach er sich bald. Unter den Photographien nach Gemälden, deren er viele besaß, gab es doch nicht wenige, zu denen er die Originale kannte; aber beim häufigen Durchblättern seiner Mappen hatten die Nachbildungen ihren selbständigen Wert bekommen und waren die Urbilder verblaßt. So hatte er sich gewöhnt zu glauben, daß die Kunstwerke in der Reproduktion ihr Wesentliches gar nicht verlören. Und da er sich jahrelang von der Stadt fernhielt, war diese Anschauung ihm so natürlich geworden, daß man annehmen kann, er würde auch ein Gemälde, das etwa in seinen Besitz gekommen wäre, für ersetzbar durch eine Photographie gehalten haben; – weniger schon eine Statue, gar nicht die Vase. Dieses Ding, einen Nutzen heuchelnd und doch mit gutem Gewissen unnützlich, das so fremd und zuversichtlich, so gegensätzig und passend in dem dunklen Zimmer stand, schien ihm von Tag zu Tag ein unersetzlicheres Gut.

Er empfand zum erstenmal, eifersüchtig und beglückt, den Zauber eines einzigen Besitzes. Er, dem das herrschsüchtige Wort der Deutung zu leicht auf die Lippen kam, lernte das lebenvolle Stummwerden vor dem Kunstwerk. Und wenn er aus dieser neuen Ruhe den Gedanken, mühsam wie aus einem Starrkrampf, aufwachen sah, daß alle die ungezählten Werke des menschlichen Geistes, die, welche er kannte, und die, um welche er von ferne wußte, in gleicher Weise souverän seien, niemanden zu Dienste, in dem zerstörenden Werden der Natur den reinen Triumph der Existenz wahrend, so wurde ihm schwindlig vor den Augen. Dann konnte es geschehen, daß ihm fast um seine Seele angst wurde und er fürchtete, in einen schlimmeren Bilderdienst zu verfallen als je ein Ketzer. Aber er wurde nicht lahm an seiner Angst, sondern lächelte über sie, als wäre sie ein Geist, welcher noch eine Blume fremden Duftes in den Strauß verbärge, der, wechselnd im Wechsel der Monate, über den Rand des kostbaren Gefäßes üppig schwoll und niedersank.

## 4

So war es denn ein Augenblick gänzlichen Versagens aller seiner Gedanken, als er eines Morgens einen Brief von Thornow bekam, in welchem die Vase zurückerbeten wurde.

Er hatte, es war ein sonniger Tag, den Briefträger auf dem Hofe empfangen. Nachdem er gelesen, verblieb er fassungslos eine Weile, ehe er, leidlich ruhig, zu seiner Frau hineinging. Sie saß am Fenster mit einer Näharbeit, und ließ gleich, als er eintrat und leise, als ob er zu stören fürchtete, zum Tische ging, die Hände in den Schoß fallen. Er wollte, daß sie aufmerksam würde und ihn fragte; zugleich aber versuchte es ihn, sich zusammenzunehmen, daß ja nichts ihre Aufmerksamkeit und ihre Frage herausfordere. Das merkte sie, und es war ihr nicht angenehm; doch zwang sie sich und fragte, ob ihm etwas Ärgerliches begegnet sei. Er legte den Brief auf den Tisch, und erst nach einer Pause richtete er seinen Blick auf sie, aber auf ihre Stirn, nicht auf ihre Augen, und sagte: »Ein Brief von Thornow!« »Was gibt es?« – Sie stand auf und legte Garn und Weißzeug auf den Fensterbord.

Er lächelte und gab seine Erklärung mit einer erzwungen verdachtlosen Verwunderung: »Er bittet mich, – ihm die Vase zurückzugeben –« und jetzt sah er ihr in die Augen.

»Warum? Was will er damit?« fragte sie, näher gehend.

»Er will nichts, als sie wieder haben. Er hat, schreibt er, vor, sie anders zu verwerten; ob ich nicht selbst glaubte, daß sie in einem schönen und reichen Museum mehr an ihrem Platze stünde als bei mir.«

»Das versteh' ich nicht«, sagte sie, und er:

»Ich versteh' es auch nicht«, und die Worte kamen vor Gekränktheit fast mit einem Stöhnen aus seinem Mund; jetzt wie er sie nun gesagt hatte, war es ihm, als ob er alles begriffe und alles entschieden wäre. Er verließ das Zimmer, sie hörte ihn durch den Flur auf den Hof gehen; nicht lange, so kam er zurück und wandte sich in die Bibliothek.

Es wäre ihm besser gewesen, wenn er nicht so schnell hätte zusehen und prüfen wollen. Die Bitterkeit in ihm, deren angeborene Lust über jedes Ereignis, das sie aufstöberte, so hinflutete, daß seine eigenen Augen nichts weiter sahen als das empörte Gefühl, und sein Sinn sich an diesem Augenblick nährte, machte ihn, als er vor der Vase stand, zum Opfer einer bösartigen Ungeduld. Er hatte so viel zu fragen und zu sagen, und das blanke Ding stand da und versagte sich allen Sinnen, außer den Augen. Aber die Augen des

Pfarrers hatten ihr inneres Licht verloren, und damit war auch aus dem Licht der Sonne das Leben entwichen.

Er versuchte, gegen den Dämon zu kämpfen, der ihm die Maske der Selbstgerechtigkeit vor das Gesicht zwang, und betrachtete aufmerksam die Vase. Aber siehe da, er konnte sich schon nicht mehr helfen, sie gefiel ihm nicht.

Der Raum war, wie das ganze Haus, vor kaum einer Woche gründlich gesäubert worden, und die Gardinen hingen, noch nicht aufgesteckt, die ganzen Fenster verhüllend nieder. Zum erstenmal bemerkte der Pfarrer, daß die Vase die schwere Ruhe des Zimmers beleidigte, und daß, wenn sie fort wäre, er wieder ungestörter die Zwiesprache mit seiner Seele würde halten können.

Als er zu seiner Frau zurückkehrte, legte sie eben hastig den Brief auf den Tisch zurück, sie war errötet, er wagte nicht von seinen schlimmen Zweifeln sogleich zu sprechen.

Aber nachdem jene kalten Betrachtungen ihm einmal überzeugend vorgekommen waren, konnte er ihnen nicht mehr Einhalt tun. Die folgenden Tage verstrickten ihn immer enger in Gedanken, die das Werk des Freundes gering schätzten und herabsetzten. Und er glaubte gar, daß er nur diesen Gedanken zuliebe noch zögerte, die Vase zurückzuschicken und sich mit Thornow zu verständigen. Mit jedem Tag aber, mit jedem halben Tage, mit dem er das hinausschob, verdarb er sich gründlicher die Möglichkeit, der Befangenheit ledig zu werden.

Denn das Schlimme trat ein, daß nicht nur die Vase in seinen Augen ihren Glanz, ihre Schönheit, ihre Wahrheit verlor, sondern daß er mit seinen Zweifeln den Freund selbst anfiel. Wie er nicht mehr das Ganze der Vase empfand, von dem ihre Wahrheit ausging und von dem aus sie einzig zu verstehen war, sondern sie nach Forderungen prüfte, die er selbst willkürlich aufstellte, zum Beispiel des Zweckes, den ein Gerät haben soll, oder des Ernstes, mit dem Gestalten aus der religiösen Welt empfunden sein müssen, – in ähnlicher Weise versündigte er sich an dem Freund.

Die Gestalt, die seiner herzlichen Empfindung die klarste und reinste gewesen war, wurde seinem mißtrauischen Verstand bedenklich und, wenn er es sich gestehen wollte, unerkennbar. Hierüber empfand er, über aller Lust an seinen Scheingründen, tiefen Schmerz.

In diesen Tagen sprach er nur wenige, bittere Worte zu seiner Frau. Und sie schwieg und verhehlte ihren Tadel, so lange sie seinen Schmerz aus lebendigen Kämpfen aufwachsen sah. Sobald sie aber bemerkte, daß der Schmerz ihm zu einer Trägheit ausartete und ihm ein Ersatz der Tätigkeit zu werden anfing, hielt sie sich nicht zurück und widersprach ihm, als er sich wieder einmal gehen ließ, mit entschiedenen Worten.

Er erstaunte darüber, und gereizt holte er den Brief aus der Tasche, schlug ihn auf und rief aus: »Was du sagst, damit weiß ich nichts anzufangen, das ist unbestimmtes Zeug. Dieses hier ist eine Tatsache.« Da schwoll ihr im Unmut der Busen so, daß ihr war, als hätte sie einen Gurt zersprengt, der zu lange ihren freien Atem eingeschnürt hatte. Mit Kraft und Kälte blitzten ihre Augen ihn an, und sie sagte: »Thornow ist auch eine Tatsache und eine mir länger bekannte als dieser Brief und als die Vase. Ich werde heute nachmittag zu ihm gehen und ihn fragen.«

»Ja, tu das! Geh hin und frag ihn!«

Und wirklich machte sie sich am Nachmittag, nachdem sie eine Viertelstunde zerstreuten Nachdenkens überwunden hatte, auf den Weg, ein graues, weiches Tuch um die Schultern, Handschuh und Strohhut in den Händen tragend. Zu beiden Seiten des Landwegs, den sie ging, schimmerten die Felder im schönsten, herbstlichen Licht. Der Tag war klar, die Luft, von weißen Sommerfäden durchzogen, hatte einen leichten milchigen Glanz, und das Vorholz der fernen Wälder leuchtete in einem goldenen Nebel. Eine rührende Stille lag über dem Felde, die der wandernden Frau noch verzauberter vorkam, wenn sie auf die Frauen sah, die weit von ihr im Kartoffelacker knieten, oder auf die

Pferde, die, noch entfernter, die Eggen durch den silbrig braunen Acker zogen, und dieses ganze arbeitende Leben je nach der Entfernung in abgestufter Langsamkeit erschien und sich nur dem Auge, nicht dem Ohre kundgab.

Sie ging nicht in der Weise nachdenklicher Leute, denn obwohl ihre Gedanken auf mannigfache Weise beschwert waren, konnte sie es nicht verhindern, daß ihr Sinn freudig war, und so schritt sie rüstig aus.

Nur einmal wurde die Stille der Felder unterbrochen, als sie sich drei mächtigen Pappelbäumen näherte, aus deren gelben Kronen es ihr schon von weitem entgegenrauschte, – es toste, es klapperte über ihr, toste, und rauschend erstarb es. Dann blieb der Weg wieder gleichförmig, bis sie in den Wald kam: erst in Bauernheide ohne Unterholz mit gefegtem Boden, dann das königliche Gebiet, in dem zwischen den hochgewipfelten Säulen sich Wacholder und Farne drängten.

Wohl zwei Stunden ging sie, dann überschritt sie auf einer alten, halbverfallenen hölzernen Brücke ein kleines Flüßchen, das seine Wiesen in gewundenem Lauf durch den Wald flocht, der noch ein zweites Mal, vom Bahndamm, durchschnitten wurde. Der Wald wurde üppiger und das Unterholz so dicht und hoch, daß der Wandernden der sich krümmende Weg verborgen wurde; als sie die Krümmung erreichte, hatte sie den wie immer überraschenden Blick auf leicht sich senkende Felder und ersah ein Dorf, das war Neuenrode.

Sie begegnete keinem Menschen in der Dorfstraße, auch bemerkte sie gleich, daß es bei Thornows Hof still und offenbar der Brennofen nicht beschickt war. Nur ein paar junge Burschen, fünfzehn oder sechzehn Jahre alt, verließen gerade das Gehöft, sich nach Schuljungenweise tummelnd und neckend.

Vielleicht weil sie glaubte, daß Thornow nach beendigtem Unterricht vor seine Haustür treten würde, setzte sich die Pfarrerin auf die eine der sandsteinernen Wangen, die, vom rotglühenden wilden Wein überwölbt, zum Hausflur führende Stufen einfaßten. Die Jungen waren verschwunden, nichts bewegte sich in dem wie ausgestorbenen Dorf, nur das ungeheure Orgeln der Dreschmaschinen heulte durch die Luft, kaum daß das Ohr dazwischen den hell klappernden Dreischlag von Dreschflegeln unterschied.

Die Sonne stand nicht mehr sichtbar hinter den Häusern, bald mußte Feierabend sein.

Die Frau saß still da, es bewegte sich nichts an ihr als ihre Wimpern.

Sie wartete, und hatte nicht lange zu warten, bis die Haustür ging und aus dem dunkeln, feuchtatmenden Flur Thornow ins Helle trat. Überrascht und, wer mag es sagen, doch nicht überrascht, hieß er den Gast willkommen, und wie um sich ihrer noch mehr zu versichern, lud er sie und zwang sie fast, während sie sich die Hände schüttelten, ins Haus. Drinnen setzten sie sich einander gegenüber an den Tisch, sie legte Hut und Tuch auf ihre Kniee.

»Sind Sie müde?« fragte er. »Gar nicht«, antwortete sie, »ich habe mich draußen ausgeruht.« »Saßen Sie denn schon lange da?« fragte er verwundert. »Nein«, sagte sie, »aber es hat genügt, mich wieder frisch zu machen. Es ist so schön heut draußen, daß man in einem fort wandern möchte und würde keine Müdigkeit spüren.«

»Ja«, meinte er, »an solchen Tagen ist es mir immer, als ob Besuch kommen müßte. Ich stecke dann aller Augenblicke die Nase vor das Fenster und schaue nach rechts und nach links, ob sich wer blicken läßt. Dabei bin ich gar nicht so sehr für Besuch, und ich glaube, ich meine immer nur Sie, wenn ich auf jemanden warte, und Severin. Wenn Sie heute nicht gekommen wären, hätte ich morgen bei Ihnen vorsprechen müssen.«

»Wegen der Vase?« fragte sie.

Er lachte. »Haben Sie sie mitgebracht?«

Ein Blick in sein Gesicht genügte der Pfarrerin, sie zu überzeugen, daß, was immer hinter jenem Briefe Thornows stecken mochte, Unanständiges nicht dahinter steckte. Und also nicht aus ihrer Seele heraus, sondern gleichsam, als ob sie einen Auftrag ihres Mannes ausführte, prüfte sie ihn scharf, als sie, wie beiläufig, fragte: »Was ist es mit der Vase? Wollen Sie sie wirklich zurück haben, und weshalb?«

Er fragte, ob sie es geglaubt habe.

»Das mußte ich wohl«, erwiderte sie.

»Sie nicht«, meinte er schmunzelnd. »Severin, ja. Ich habe geglaubt, daß er mir wütend ins Haus rennen würde, und das wäre mir lieb gewesen, weil ich einen bedeutenden Ärger auszukrakeelen hatte. Er kam aber nicht, obgleich er doch sonst in solchen persönlichen Kunstdingen schnell genug wild wird.«

»Ja, das tut er«, sagte die Pfarrerin, »und ich wüßte nicht, wie Ihnen irgendwer eine größere Ehre erweisen könnte!«

Thornow stutzte und erwiderte: »Wem sagen Sie das? Ich kenne ihn von meinem zwölften Jahre an, ich habe nie eine so unbedingte Leidenschaft zu den Künsten gesehen, wie bei Severin, der nicht einen geraden Strich zeichnen kann. Und das ehrt uns und schmeichelt uns; – und eben darum müssen wir ein wenig darüber lächeln dürfen und uns am Ende auch einen Scherz machen, wenn die Gelegenheit sich trifft.«

»War das mit der Vase ein Scherz der Art?« fragte sie.

Er wehrte schnell ab: »Nein, beileibe nicht. Ich habe, als ich den Brief schrieb, kaum an eine Wirkung auf Sie beide gedacht. Sie können mich nicht verstehen, ich muß ausführlich erzählen.«

Er erhob sich und ging einmal durch das Zimmer. »Ich bin ja schon wieder in Frieden mit mir«, sagte er halb zu sich, »und Wichtigeres ist dazwischengekommen; aber wie ich nur daran denke, kommt der ganze Unmut zurück.«

Er stand am Tische, setzte sich und begann zu erzählen:

»Hören Sie also! Vor acht Tagen hatte ich Besuch, – hohen Besuch, den Direktor des neuen Kunstgewerbemuseums. Das ist ein kluger, weltmännischer Mann, mit der

Kunst auf du und du, gar nicht beamtenhaft. Ich glaube, daß jetzt eine ganz neue Sorte Professoren aufkommt; – aber trauen sollte ihnen unsereins doch nicht. Mir gefiel der Mann, eine kleine, lebendige, durchgeturnte Gestalt, ein Köpfchen, woran ihm der Bart zwei Spannen lang hinunterhing, und Augen, ich will nicht sagen, kluge Augen, – sondern: klügere Augen. Sie wissen, was ich meine. Nun – ich zeigte ihm, was ich hier in meinem Bereich zu zeigen habe, fertige Ware, Modelle, Zeichnungen. Ich nahm ihn auch in die Schulklasse mit, und die Arbeiten der Jungen hatten, jedenfalls im Prinzip, seinen Beifall. Ich muß es sagen, es war ein schöner Tag für mich; denn da der Mann seine Sache versteht, so konnte ich einmal meiner ganzen Leistung, wie ich sie ihm präsentierte, recht genau ins Gesicht sehen. Sein Lob machte mir Freude, und zu tadeln gibt es, hoffe ich, nichts, – dafür sorgt der Schutthaufen auf dem Hofe. Und so wäre alles sehr schön gewesen, wenn nicht nach Feierabend, als wir nun das Ganze noch einmal durchsprachen, der Teufelsfuß herausgekommen wäre. Zuerst ertappte ich ihn auf einer Sentimentalität in betreff der Jungen. Oder vielmehr, daß er mir die albernste Sentimentalität zutraute. Als ob es mir einfallen könnte, meine Sachen zu treiben, mit dem frommen Hintergedanken, dem Volke die Religion oder doch die Tugend zu erhalten. Ich kannte meine Leute, als ich ihnen meinen Plan einredete. Wenn ich den Jungen nichts zahle, schickt mir nicht einmal die lahme Graberten ihren Enkel in die Schule. Ich würde sehr froh sein, wenn sie sich auf die Sache eingelassen hätten, weil sie sich was ›Reelles‹ davon versprechen, das schiene mir durchaus anständig, ich verzichte gern auf das ideale Interesse.

Das Schlimmste indessen ist, daß sie meine Sache ergriffen haben, nicht als ein Geschäft, das Geld abwirft, sondern als einen Schwindel. Sie halten das Ganze hier für einen Schwindel. Der Schmied sogar, dessen Glück den Leuten den Kopf verdreht hat, oder muß ich sagen: zurechtgesetzt hat, in seinem Innern glaubt er weder an mich noch an die

Augen, die an seiner unfreiwilligen Kunst Gefallen finden. Sie meinen alle, ich lehrte sie eine neue, ungefährliche Art, die Menschen übers Ohr zu hauen. Und das danken sie mir, soweit von Dank die Rede sein kann, und tun mit. Dieses alles setzte ich dem Professor auseinander, da griff er recht geschickt die Gelegenheit an, ich merkte aber nun, daß er mit Plan, Absicht und Auftrag zu mir gekommen war, und wollte mir meine Art, hier zu arbeiten und zu wirken, verleiden, und zu was Ende? Können Sie es erraten?«

Die Pfarrerin schüttelte den Kopf, ohne erst nachzudenken: »Nein, sagen Sie es nur!«

»Nun, man will meine Arbeiten für das Museum kaufen und mich dazu. Ich soll Professor werden und in die Stadt ziehen.«

»Sie haben es abgelehnt?« rief die Pfarrerin, und konnte eine plötzliche, törichte Spannung nicht gleich überwinden, die etwa in diesem Augenblick eingetreten wäre, wenn sie der Entscheidung Thornows nicht schon versichert gewesen wäre.

»Das will ich meinen«, sagte Thornow, »und so deutlich, wie ich höflicher Mann imstande war.«

Die Pfarrerin warf ihm vor, daß er nicht hätte zürnen dürfen, wo man ihm mit soviel Schätzung entgegengekommen sei.

»Mit Überschätzung«, sagte Thornow nachdrücklich, »und wer mich überschätzt, der unterschätzt mich irgendwie. Die Dinge, die ich mache, sind dafür, daß man sie in die Vitrinen eines Museums stelle, zu schlecht und zu gut. Ich will, daß sie für ein angemessenes Geld gekauft werden, daß sie gebraucht, zerschrammt, wenn es sein muß: zerbrochen werden. Meine Ware – und ich auch. Nun, – ich habe dem Professor meinen reinen Wein eingeschenkt, er ist ein moderner Professor und hatte Nachsicht mit meinen Schrullen. Als er weg war, habe ich mir alles noch einmal überlegt; – Sie kennen meine Anschauungen. Einen guten

Landgeistlichen an den Dom, einen tüchtigen Landarzt an ein großstädtisches Krankenhaus, einen braven Dorfschulmeister an eine städtische Unterrichtsanstalt von Riesenformat zu bringen, sowie man nur hört, daß sie was taugen, damit tut man etwas Unersprießliches. Es gibt ein Gesetz von der Nichterhaltung der Kraft; ich wollte, daß einer käme, der es uns beschriebe. Wenn eine große Stadt den Regen ihrer ganzen Landschaft auf sich zieht, so dürstet die Landschaft, und die Stadt selbst hat nicht mehr davon als die Durchspülung ihrer Kanäle und je zuweilen einige Kellerüberschwemmungen. Und so weiter! Also das alles habe ich dem Professor gesagt. Als er aber gegangen war, kam mir seine gesamte Museumswirtschaft doppelt kalt und leichenhaft vor; ich dachte an Severin und an das lebendige Leben, worin sein Herz mein bescheidenes Stück Arbeit täglich erhält, und setzte mich hin und schrieb ihm, ob wir nicht die Vase in ein Museum tun wollten: Zuerst wollte ich, daß er beim Lesen lache, dann aber plagte mich doch der Teufel, es etwas geheimnisvoll zu machen, damit er verwirrt würde und herkäme. Warum kam er nicht?«

Die Pfarrerin hörte die Frage nicht, sie nickte nachdenklich: »So also hängt das zusammen. Ich habe viel herumgeraten, und das war alles recht phantastisch. So ist es viel besser, viel natürlicher. Severin wird sich freuen, er hätte sich ungern von seinem Tobias getrennt.«

Thornow schwieg, dann sagte er, indem er sie anblickte: »In lieberen Händen wüßte ich die Vase überhaupt nicht als in den seinen; zumal jetzt. Er hat einen guten Anteil an ihrer Entstehung gehabt; – – und ich möchte, daß auch Sie sich nun meine Sachen ansähen und sich einiges auswählten, was Sie für die Küche gebrauchen können –« und da sie ihn fragend ansah, schloß er mit einem unfreudigen Lächeln: »zum Andenken.«

Sie erschrak und wurde blaß, mit hastigen Händen nahm sie die Kleidungsstücke, die auf ihrem Schoß lagen, und legte sie auf den Tisch. »Sie werden fortgehen?«

»Ja«, antwortete er; und beiden war diese Erklärung so schmerzlich, daß weder sie nach einem Grunde fragte, noch er einen sagte. Aber da doch wieder gesprochen werden mußte, bat sie ihn, ihr Genaues zu sagen; ob das Erlebnis mit dem Professor ihn aufgescheucht habe, bevor noch seine Zeit in Neuenrode ihr natürliches Ende gefunden?

»Es ist das natürliche Ende«, erwiderte er, »was ich hier geschaffen habe, wird für meine Leute bestehen bleiben, ja recht eigentlich ein ernsthaftes Gesicht bekommen, wenn es vom Staat weitergeführt wird, wozu Aussicht vorhanden ist und was ich betreiben werde. Für mich selbst muß es hintanstehen, seitdem ich – es ist gut, daß Severin nicht hier ist, er würde nun gleich auflachen – ich habe nämlich jetzt meinen Auftrag.«

Wieder erst nach einer Weile und ohne daß sie ihm Glück wünschte, fragte sie, welcher Art der Auftrag wäre. Er berichtete, daß ein Verwandter, ein Stiefbruder seines Vaters, im Thüringischen begütert, seiner Dorfgemeinde eine neue Kirche baue, – an dem Bau solle sich Thornow beteiligen und die Kirche ausmalen. Es sei dies nicht so wohl eine Lust des Onkels an der Kunst, als eine Gefälligkeit gegen den müßiggängerischen Neffen, »aber«, fuhr Thornow fort, »alle ungünstigen und wenig prächtigen Umstände beiseite gelassen, es ist die erste Gelegenheit zur vollen Freiheit, und ich will sie mit allen Kräften nutzen.« Als habe er den Sinn über eine persönliche Unruhe hinauszuführen nötig, sprach er weiter von seinem Plan; sie aber verharrte in ihrer Beklommenheit, deren kaltes Licht jeden Gedanken wie jedes Bild, das ihrer Phantasie aufgedrungen wurde, um Reiz und Schimmer betrog. Als er geendigt hatte, wünschte sie ihm Glück und gutes Gelingen, und indem sie die Betrachtung seiner Arbeiten und, auf seine wiederholte Bitte, die Auswahl einiger Stücke aufschob, erklärte sie, gehen zu müssen, wenn sie nicht zu spät nach Hause kommen wolle. Er schaute zur Erde, und das Einverständnis zwischen ihnen war so groß, daß er keine Einwendungen mehr machte.

Sie war schon aufgestanden, nahm ihr Tuch um und schloß es am Hals mit einer Nadel. »Es ist kalt«, sagte sie, »nehmen Sie den Mantel.« Er schüttelte den Kopf: »Ich friere nicht, höchstens an den Händen.« Sie sah zu, wie er die Handschuhe anzog, sie tat das gleiche, und sie verließen das Zimmer.

Als sie durch das Dorf gingen, kamen ihnen schon die Häuser übergroß und dunkel aus der Dämmerung entgegen, und das Feld, von leichtem Nebel bezogen, hatte keine Grenzen mehr am Himmel und kaum erkennbare an dem erhöhten Walde. Zwischen den Bäumen war es dann fast Nacht, durch den Wald rauschte ein Eisenbahnzug, die Wandernden fühlten sich zueinander gedrängt, als gingen sie in einer Grotte. Ihre Augen gewöhnten sich an die Finsternis, doch verbreitete der Weg sich so ungewiß in den Wald, daß sie, um Stoß und Stolpern zu vermeiden, zwischen den Fahrgeleisen gingen. So schnell verdichtete sich die Nacht, daß die kleine Lichtung, die der Fluß machte, mit ihrer geringen Helle den Wald kaum vom Himmel unterschied. Als die Schritte der beiden, bisher von dem feuchten Sand gedämpft, auf der hölzernen Brücke hallten, flog es mit heftigem Brausen und Knattern aus dem das Ufer umsäumenden Elsengebüsch empor, ein Zug Enten, und strich in silbern ersterbendem Klingen davon. Die Pfarrerin fuhr zusammen und blieb stehen. »Sie sind erschrocken, es ist so dunkel, ich will Sie führen«, sagte er, und schob seinen Arm in den ihren. Sie schloß die Augen, und da er dies nicht gewahren konnte, verstand er den Doppelsinn nicht, als sie sagte: »Ich sehe wirklich nichts mehr.« Ihm aber war es eigen, als er sie führte.

Es war ihm, als seien sie beide von höherem als ihrem natürlichen Wuchse, und als gingen sie nicht enger nebeneinander als sonst, sondern getrennter. Ihre beiden Gesichter, inmitten der neuen, gewaltsamen Empfindung einander nicht zugekehrt, waren in dieselbe Ferne gerichtet; beide kosteten sie, wie nie in ihrem Leben, den gleichen schweren Takt des Einatmens und Ausatmens.

Aber nach einer Weile legte er seine Hand an die ihre, seine Hand umfaßte die ihre, und sie ließ sie ihm und erwiderte den Druck. Und wieder nach einer Weile löste er seine Hand, doch nicht den Arm, und zog vorsichtig, so daß sie es nicht merken konnte, den Handschuh ab. Dann ergriff er wieder ihre Hand, bald fühlte sie die nähere Lebenswärme, und da tat sie wie er.

Und in dem Maße, in dem der Druck ihrer Hände fester und fester wurde, spannte sich ihr Gefühl so hoch, so klingend und so gefährdet, daß beide glaubten, es müsse, wenn ein Wort gesprochen würde, zusammenstürzen. Da schwiegen sie, wie stürmisch es auch aus ihren Herzen aufschwoll. Aber je weiter sie gingen, um so qualvoller wurde das Schweigen, und immer unmöglicher, es zu brechen. Beide wußten, daß sie ihr Schicksal, sich zu trennen, entschieden.

Als sie aus dem Wald heraus waren, war es über dem flachen Land heller. Noch war der Nebel über den Feldern nicht ganz gefallen. Die Kleider der Wanderer waren feucht, Thornows Bart entkräuselte sich und troff. In dem Geräusch der Pappelblätter sprach er ein paar Worte zu ihr, die sie nicht vernahm, sie schritten schneller aus und schwiegen weiter. Beider Augen waren, mit dem gleichen kalten, klaren Ausdruck, weit geöffnet, doch in der Anstrengung dieses Blickes wurden die ihrigen starrer, und seine füllten sich mit Tränen. Ohne sich loszulassen, gingen sie den ganzen Weg bis an die Pforte im Zaun des Pfarrhauses. Hier gaben sie sich noch einmal die Hände und trennten sich.

Als die Pfarrerin ins Haus kam, vernahm sie von der noch wachenden Magd, daß ihr Mann oben in seiner Dachstube sei und die Nacht über dort bleiben werde.

## 5

Am nächsten Morgen betrat sie zufällig das Frühstückszimmer in dem gleichen Augenblick mit ihrem Mann. Bevor sie sich begrüßen konnten, sprang der Hund mit lautem, freudigem Gruß auf seine Herrin zu; mit Erstaunen gewahrte der Pfarrer, mit welcher Kälte sie, fast mit Widerwillen, das Tier abwies. Auch Gaston war über ihr Verhalten verwundert, und nachdem das Frühstück beendet war, drückte er sich, den ihm sonst verfeindeten Hund leise rufend, zur Tür hinaus. Nun gab die Pfarrerin ihrem Manne Rechenschaft über ihren Auftrag an Thornow und erzählte alle Umstände, aus denen der Brief entstanden war. Davon, daß Thornow weggehen würde, sagte sie nichts, sprach aber flüchtig von dem wahrscheinlichen Kirchenbau.

Sie hatte in der Nacht wenig geschlafen, doch war ihr nichts anzumerken; ihre Wangen waren nicht blasser als sonst und ihre Augen in voller Ruhe. Daß eine Erschütterung ihres Gemüts stattgefunden hatte, vor der alle übrigen Angelegenheiten klein wurden, äußerte sich nur darin, daß sie ihre Auskunft ganz ohne Triumph und auch ohne Stolz auf Thornow gab. Aber der Pfarrer wurde durch etwas an ihr, durch etwas im Zimmer, aufs äußerste betroffen. Er sah an den Wänden entlang und sah sich nach dem Hund um. Er hatte ihr, während sie sprach, starr auf die Lippen geblickt, so daß er, um es zu verstehen, noch einmal hören mußte, was sie zu berichten hatte.

Dann aber füllte Freude sein Herz, eine überschwengliche Freude. Fast zur Qual wurde es ihm, daß er Thornow nicht im Bereich seiner Hände hatte, ihn nicht streicheln und necken konnte, wie er gewohnt war. Er lief in die Bibliothek zu der Vase. Wie herrlich stand sie ihm nicht wieder zur Augenweide und zum Glücke da und sandte die kräftigen, heiteren Feuer ihrer Sommerfarben nach allen Seiten! Gerührt betrachtete er das schöne Werk.

Aber während er seine Freude an dem Gedanken steigern wollte, daß ihm die Vase, nun solche Schwankung und Prüfung daran erlebt war, noch teurer geworden sei, kam eine bedenkliche Überlegung in ihm zu Worte. Er war Thornow so hingegeben dankbar, wofür? Weil er etwas Arges, Kleinliches nicht getan hatte. Doch braucht es dafür Dankbarkeit? Aber der ihm das Arge, das Kleinliche zugetraut hatte, der mußte sich schämen.

Severin ertrug es nicht, sich zu schämen. Er rang mit dem Gefühl und wand sich frei. Darüber aber erblaßten die Farben der Vase, erstarb und erkaltete ihr Leben. Langsam sank sie in seinem Urteil zu der Stufe herab, die einmal sein Groll ihr zugewiesen hatte; es wurde wieder zum Fehler an ihr, was er vordem als solchen angesehen hatte, zum Fehler, Makel und Vorwurf.

Und zum zweitenmal: wie die Vase, so Thornow. Was einmal gegen den Freund gesprochen und gefühlt war, das war da, das ließ sich nicht so einfach stumm machen. Es war ein Scherz, so sprach die neue alte Stimme in dem Pfarrer, aber man macht nicht einen solchen Scherz, wenn man dergleichen nicht, und sei es in dem flüchtigsten Gedanken, erwogen hat. Muß man einem Menschen viel verzeihen, Tun und Denken, wohl – nur ihm, dem Thornow, durfte es nichts zu verzeihen geben.

Als der Pastor dieses dachte, war er stolz auf seine Fähigkeit zu einer so strengen Liebe. Aber einmal ausschweifend in seinem Dichten und Richten, glitt er in eine Niedrigkeit der Empfindung, in der kein eingebildeter Stolz ihn schützen konnte. Wer weiß, sprach es in ihm, ob er die Wahrheit gesagt hat! vielleicht hat er die Vase wirklich für den Professor haben wollen, dann ist ihm das Glück mit der Kirche dazwischengekommen, sein Ehrgeiz hat ein höheres Ziel, und nun verursacht es ihm nicht viele Kosten, großmütig zu sein.

Die Pfarrerin saß noch, als ob sich etwas Entscheidendes ereignen müsse, wartend am Tisch. Sie hatte mit einem

Wunsch ihn weggehen sehen in seiner Freude, sie sah ihn mit dem verdüsterten Gesicht zurückkehren. Er trat zu einer Schieblade, nahm einen Brief heraus und las darin, sie sah, daß es Thornows Brief war. Da stand sie auf und verließ den Raum. Der Pfarrer steckte den Brief in die Tasche und nahm Hut und Stock; es war ihm, als müßte er fliehen, um nicht in ein Gespinst verstrickt zu werden, dessen Fäden sich unsichtbar in seinem Hause spannen.

Auf der steinernen Brücke des Dorffließes saß Gaston, ließ seine Beine über dem Wasser baumeln und sonnte sich den Rücken. Neben sich hatte er den neugewonnenen Freund, den Hund, und kraulte ihm ohne Scheu das Fell. Der Pastor vergaß in seiner Zerstreutheit, den Jungen zu tadeln, weil er aus der Werkstatt geblieben war, und achtete auch nicht darauf, daß Knabe und Hund sich ihm anschlossen.

Bald zögernd, bald stürmisch ging er dahin, und ohne ein Wort zu sagen folgte ihm Gaston, ohne einen Laut der Hund.

Der Pfarrer, dem es nicht um Wahrheit, sondern um sein vermeintliches Recht zu tun war, gedieh zu keinem Ergebnis und kam in ein dumpfes, rastloses Zürnen.

Plötzlich wandte er sich mit einem heftigen Ruck nach seinen Begleitern um; er sah sie an, und da blitzte ihm ein verzerrtes Bild ihrer Gemeinschaft durch den Sinn, die lächerliche Ähnlichkeit mit der Wanderung Tobiä, Engel, Knabe und Hund. Die Wut rötete sein zartfarbenes Gesicht, mit harten, scheltenden Worten trieb er den Jungen zurück. Nach ein paar Schritten drehte er sich nochmals um, drohte mit der Faust, ja vergaß sich so weit, daß er, als der Knabe wieder stehenblieb, sich in der Art, wie man einen Hund scheucht, zur Erde bückte, als wenn er einen Stein aufheben wollte.

Kaum aber war er nun, wie er meinte, erleichtert, weitergegangen, so kam es mit einer peinvollen Bitterkeit über ihn. Er erkannte, daß der Junge, dem er ein geistigeres, seelischeres Leben so oft hatte einreden und aufschwätzen wollen, heute zum erstenmal aus einem zarten Gefühl und guten Herzen sich ihm genähert hatte.

Er hatte an einem Schemen von Liebe die Welt gemessen und zu klein befunden; aber weder Liebe noch Gerechtigkeit hatte er bewiesen, er hatte nur um sie gewußt und hatte gewünscht. Die Welt aber gibt der Seele nur wieder, was die Seele ihr gibt, und achtet Wünsche noch nicht als Gabe.

Da wehrte er sich nicht länger gegen die Scham, er rang die Hände, und es lief ihm kalt über die Haut. Er kehrte um und eilte heim.

Zu Hause traf er seine Frau mit verweinten Augen. Er erschrak und fragte, was ihr begegnet sei. Sie lächelte und sagte, es sei nicht so arg. Dann führte sie ihn in die Bibliothek, und er sah, daß die Vase zerbrochen war. Sie stand übrigens fest, nur ein großes Stück der bauchigen Rundung war eingeschlagen, und die Scherben lagen, schon sorgsam gesammelt, neben dem Gefäß.

Der Schrecken des Pfarrers wuchs. War ein Wunsch ihm erfüllt?

Doch diesen Verdacht, der sich in ihm regen wollte, ertrug er nicht.

Er fragte, wie das Unglück geschehen wäre, und erfuhr, daß Gaston mit seiner Schleuder mutwillig und boshaft die Vase zerbrochen hatte.

»Wo ist er?« fragte der Pfarrer, zur Verwunderung seiner Frau ohne Jäheit. »Ich habe ihn auf sein Zimmer gewiesen«, war die Antwort.

Der Pfarrer, der bleich geworden war, als er den Namen Gastons hörte, konnte sich nicht erholen. »Ich denke, Liebste«, sagte er, »wir lassen ihn aus unsern Händen. Nicht zur Strafe! Ich fürchte nur, wir haben ihm nichts zu geben. Was soll er hier? Wir werden ihm immer Unrecht tun.« Die Pfarrerin nickte sehr ernst zwei-, dreimal.

Er aber fing an, mit äußerster Sorgfalt die Scherben in die Lücke zu fügen, und sah zu seiner Freude, daß alle Stücke da waren; die Bruchflächen waren nur an wenigen, nicht zum Bilde gehörigen Stellen zersplittert, und nur wo der Stein aufgeschlagen war, in das Gewölk zur rechten Seite, war die Farbe abgesprungen. Er ließ sich ein Schächtelchen mit Watte geben und legte behutsam jedes Stückchen hinein.

»Wie traurig das aussieht«, sagte er, auf die Vase zeigend; »Thornow soll kommen und wird es uns heil wieder zusammenfügen.«

Sie überwand das Zittern ihrer Augen und sah ihn um so fester an, wie das Erröten sie tiefer und tiefer erglühen ließ und fast des Atems beraubte.

Sie schwieg, und sie beschloß, zu schweigen. Und hätte sie nicht sollen fest und freudig sein, mit ihrem Geheimnis, trotz ihrem Geheimnis?

Wenn die Magnetnadel nicht zittern könnte, könnte sie auch nicht nach Norden zeigen.

# DR. WISLIZENUS

## I

In seinem Hause, das, vom Dorf eine halbe Stunde entfernt, mit Garten und Gehöft, völlig für sich allein im Ausschnitt eines Kiefernwaldes lag, saß an einem Abend gegen Oktoberende der Dr. Wislizenus vor seinem Tische und las. Sein Dienstmädchen, ein junges, gegen den ortsfremden und in vielen Stücken absonderlichen Herrn noch immer scheues Kind von wenig über fünfzehn Jahren, öffnete die Tür und gab ihre abendliche Meldung ab: »Herr Doktor, ich gehe jetzt.« – »Schön«, sagte er und erhob sich, um nach seiner Gewohnheit hinter dem Mädchen sogleich die Haustür abzuschließen. Er war ein Mann am Ausgang der dreißiger Jahre, mittelgroß und breitschultrig, mit tiefen, trägen und melancholischen Augen in einem Gesicht, dessen luftgesunde Farbe zu seinen überfeinen Zügen in demselben Gegensatz stand wie der kurzgehaltene, aber dichte, braune Bart um Wangen und Kinn; die scharf gezeichnete und dabei nervöse Oberlippe war rasiert.

Er streifte das neben ihm gehende Kind mit einem flüchtigen Blick; ein zarter Busen, ein hübscher Mund, dachte er, und sagte: »Bringen Sie uns morgen einen Liter Milch extra heraus!« Er hatte fast jeden Abend einen Wunsch ähnlicher Art, um nur die Leerheit und Verlegenheit des gleichgültigen Abschiedes in etwas zu mildern. Als sie gegangen war, trat er über die Schwelle, stieg die drei breiten und niedrigen Stufen zum Hof hinab , fröstelte, nahm den ausgestirnten Himmel wahr und fühlte an Brauen und Bart den dichten Nebel, der über dem Erdboden floß. Er ging in das Haus zurück und drehte den Schlüssel in dem elegant und weich federnden Schloß, das er im Sommer hatte anbringen lassen, mit Genuß herum. Zwei winzige Lampen mit offenen, gegen den Luftzug durch kelchartige kleine Gläser geschützten Flämmchen erhellten den Flur mit einem schwachen Schein, der in einem zum Dachgeschoß führenden Treppenschacht bis zur völligen Ohnmacht aufgebraucht wurde. Wislizenus sah gedankenlos aufmerksam in das Glutklümpchen der einen Lampe hinein; je kleiner das Licht, um so mehr Geister zieht es heran. Er durchschritt das Eßzimmer und kam wieder zu seinem mit Büchern und Schriftstücken gedeckten Lesetisch. Er wollte sich setzen, da überkam ihn das Gefühl der Stille.

Er hatte auch vorher die Magd in ihrer Küche nicht gehört, und in die Zimmer kam sie nur auf seinen seltenen Ruf. Doch schien es jetzt, als ob ihre unbehilfliche, stumme, dumpfe Gegenwart sich doch immer wie ein Lärm durch die Mauer geschwungen hätte; nun sie weg war, kreuzte keine Welle von außen in seine Seele hinein. Die Stille schien sich um das Gerüst des Hauses wie eine ungeheure Schwärze dicht zu drängen, dann wegzusinken, und immer weiter weg, so daß das Haus in einem Kreise von etwas stand, was noch geheimnisvoller als Stille war und jenseits erst wieder an sie grenzte. Und dennoch war sie, die magisch weggebannte Stille, unerklärlich wie, in das Zimmer gedrungen, siedete in den dunklen Ecken und suchte in den konzentrischen Kreisen, die über der Lampe an der Decke zitterten, noch eine Verwandlung, noch ein Geheimnis zu erleiden. Die Möbel, ein birkenes Klavier, Kommode und Schrank vom selben Holz, schimmerten wie die Politur alter Italienergeigen. Wislizenus sah sich unwillkürlich um, ob die Fensterläden geschlossen wären.

In diesem Schweigen wurde ihm die Seele leer, nur daß er die Leerheit noch als eine Spannung aus Beängstigung und Ungeduld durch seinen ganzen Körper bis zur Bitterkeit verspürte. Seine Gedanken und Empfindungen, die längst durch jeden Zeugen ihm so unerträglich ins Oberflächliche, Absichtliche und Lügnerische verkehrt wurden, daß er, um sich nicht für immer zu verlieren, Stadt und Menschen hatte fliehen müssen, hier in der Einsamkeit ohne Zeugen getrauten sie sich auf andere Weise nicht ins klare und blieben wesenlos und furchtsam wie Gespenster. Gespenster fürchten den Menschen tiefer als der Mensch sie; und Wislizenus fühlte sich diesen Abend, wie jeden, fast eher gemieden als einsam. Vor einem Menschen hätte er sogleich seine gewohnte Fassung wiedergewonnen; aber wenn er das weiße Fensterkreuz so lange anstarrte, bis es zu einem unbegreifliche Grade vorhanden und sinnlos war, dann überkam ihn ein Verlangen nach etwas, das ihn hier sähe und ihm möglich machte, *zu verzweifeln*. Kein Mensch und doch ein Zeuge – ohne einen Zeugen lohnte es sich nicht, das Gesicht zu senken und in Tränen auszubrechen.

Er schreckte zusammen, er hörte den letzten Hall eines langen Klirrens vom Flur; immer wieder nur den letzten Hall, sobald er den Kopf aufmerksam zur Seite wandte. Es war eine Täuschung, denn genau entsann er sich, daß er die beiden kleinen Flurlämpchen *nicht* auf die Steinfliesen geschmettert hatte; erst jetzt, nachträglich, merkte er das Gelüst dazu in seiner tödlichen Ungeduld.

Er atmete sich zweimal tief zur Ruhe und setzte sich, griff zu seinem Buche, einer mathematisch-philosophischen Abhandlung aus dem Anfang des achtzehnten Jahrhunderts. Er war kein guter Leser mehr; Stellen, von denen seine eigenen Gedanken sich bestätigt glaubten, erfüllten ihn mit einer so großen Genugtuung, daß er nicht dazu kam, sie auf ihre Wahrheit zu untersuchen, sie fielen dadurch aus ihrem Zusammenhang. Sein auf diese Weise abwechselnd taubes und allzu hellhöriges Verständnis zerriß die ruhige Deduktion des ehrwürdigen Schweizer Gelehrten, und indem seine Art zu lesen nichts mehr von Arbeit an sich hatte, half sie ihm auch nicht die Zeit flüssiger und leichter machen.

Eine Stunde ließ er vorbei, dann ging er an das Abendessen, das im Speisezimmer von der Magd sauber für ihn vorbereitet war: Brot, kaltes Fleisch, in einem geflochtenen, dunklen Korb die ländlich spröden, aber einen ganzen Herbst duftenden Äpfel, und eine Flasche roter Meersburger.

Eben als er sich zum zweitenmal eingoß, glaubte er einen Wagen klappern zu hören; der Weg zu seinem Hause war eine Sackgasse, und wer immer kam, mußte zu ihm wollen. Wirklich hielt das Gefährt vor seiner Tür, und durch das Geknarre des noch ein paarmal träge anratternden Fuhrwerks und den derben Zuruf des Kutschers hindurch erkannte sein empfindlicher Sinn die Stimme seines Freundes, des Dichter Wohlgethan.

Es wurde ihm fast schwach von einer jähen, kalten Wut. Ein Dichter, das war das letzte, was er sich im Bereiche seiner Hände, seiner Stimme und, vor allem, seiner Ohren gewünscht hätte. Aber verurteilt, sich selbst zu beobachten, merkte er im selben Augenblick, daß seine Wut, so echt sie war, doch auch ein wenig gespielt war. Es war da in ihm eine Freude über den Besuch, die er verdecken wollte, eine Freude über die Störung seiner Einsamkeit, eine Befriedigung, daß ein geheimer, beschämender Wunsch ihm erfüllt wurde und er noch obenein darüber grollen durfte.

Als er dann aber hinausging, verwandelte jeder Schritt ihn ins Bürgerliche zurück, so daß er mit der schicklichen Eilfertigkeit den Gast zu empfangen strebte. Er traf ihn eben, als er den Kutscher ablohnte. Die Wagenlaterne hing unter der Deichsel, und von dem braunen, winterzottigen Pferde sah man nur vier Beine und den Leib, und dieses phantastische Ungeheuer ohne Rücken, Hals und Kopf kehrte, mit dem schattenhaften Wagen hinter sich, um und fuhr in die Nacht zurück. Unwillkürlich zeigte Wislizenus mit dem Finger auf die Erscheinung. Wohlgethan, der es bemerkte, fragte, was es gebe. »Toller Spuk«, lautete die Antwort, ohne daß der Dichter gleich wußte, was gemeint war. Dann fesselte der Anblick der immer kleiner werdenden Wolke von Lichtdunst auch ihn, er machte eine Bemerkung darüber, aber seine Ungeduld war nicht mißzuverstehen, und Wislizenus führte ihn ins Haus, indem er ihm nach einem kleinen Kampfe die Reisetasche abzwang. Nur ein Etui aus gelbem, glänzendem Leder und von der Größe eines Lexikons gab er nicht aus der Hand; und als sie im Speisezimmer einander zur erneuten Begrüßung gegenüberstanden, wog er es in der linken Hand dem Freund vor der Nase.

»Ein Manuskript?« fragte Wislizenus.

»Weiser Mann!« rief Wohlgethan heiter, und ahnte nicht, wieviel Besorgnis sich hinter dem erratenden Wort versteckte. »Aber sage mir einmal erst: du bist hier ohne Bedienung, wie ich sehe; und ich mache dir Umstände?« Wislizenus wies jeden Versuch, ihn zu entlasten, sogleich herzlich und bestimmt zurück, und es wurde ihm davon mit einem Schlage wärmer und wohler. »Soll ich uns einen Tee brauen?« fragte er, »wie in alten Zeiten, mit Rotwein und einem Schuß Mandarinenarrak?«

Wohlgethan ließ es sich gefallen, und während der Freund aus einem großen eichenen Eckschrank, ab und zu gehend, das Gerät und aus der Küche Wasser auf den Tisch holte, knotete er schon an seinem Lederetui. »Du kannst dir denken«, hub er an, »daß ich dich mit etwas Zweideutigem, Fragwürdigem überfalle. Würde ich dich sonst überfallen? Ich brauche deinen Rat; mehr noch: deinen Zuspruch.«

»Wie, wenn es aber ein Abspruch wird?« warf Wislizenus ein und regulierte die Flamme am Spirituskocher.

»Nun, dann werde ich, wie immer, auf dich hören – oder nicht. Ich bin nämlich vor allem besorgt um die Originalität meiner Arbeit. Ich bin in der Hölle, im Fegefeuer und im Paradies gewesen und schreibe ein Epos darüber, nichts Geringeres, mein Lieber.«

»Ich nehme an, du spricht von einer modernen Hölle nebst den weiteren Stationen, und also von einem modernen Epos?«

»Das versteht sich; nichtsdestoweniger wird mir die Kritik, vielleicht auch schon die frühere Instanz, den Dante vorhalten!«

»Den Dante – – so so! Aber darum keine Sorge, lieber Wohlgethan: auch Dante ist nicht an einem Tage vom Himmel gefallen, auch er hatte Vorgänger, auch er war ein Plagiator.«

Wohlgethan rückte sich befriedigt die Weste zurecht, und nachdem sie ihren Tee getrunken hatten, drängte er förmlich ins Nebenzimmer.

Der Dichter begann seine Vorlesung, anfänglich mit den kleinen Störungen und Unterbrechungen, die bei jedem natürlich sind, der einen leiblichen, bürgerlichen Menschen in eine Phantasiewelt führt und sich bald vor dieser, bald vor jenem ein wenig schämt. Dann wurde er fester, und die harte Fassung seiner Strophen und die Schärfe des Ausdrucks beschwichtigten seinen Argwohn, daß man seine Begeisterung vielleicht für gelegentlich und seinen mystischen Flug für Spielerei halten könnte.

## 2

Der erste Gesang dieses neuen Epos enthielt die Schilderung einer Pest, die eine kleine Fürstenstadt mit ihrer stinkenden Geißel zerschlägt. Der Dichter begann mit einer allgemeinen Anrufung an die Urfeindin der Menschheit in einem apokalyptischen Stil, ging allmählich ins einzelne über, zeigte das verheerte Land, die verödeten Dörfer, die brennenden Scheiterhaufen, und behandelte dann den ersten Pestfall in der Residenz als ein grausig tragisches Idyll, indem er die Seuche zuerst in der Vorstadt einen alten Handelsgärtner mitten in der Versorgung seiner Beete und Glashäuser befallen ließ. Die schöne, jugendliche Tochter des

Gärtners, von ihrer Mutter früh verwaist, sieht den Alten dahinsinken, sie eilt zu ihm, hebt ihn mit der Kraft der erbarmungsvollsten Güte auf ihre Arme, um ihn in das Haus zu tragen. Vor der Schwelle bricht sie unter ihrer Last, aber noch nicht von der Krankheit zusammen. Der Alte liegt zerkrampft am Boden, seine rechte Hand hält die langen Stiele zweier Rosen, so, daß die Blüten auf seinem Munde liegen und sein Atem in die roten Blätter bläst. Auf den Schreckensruf der Tochter kommen zwei Gehilfen aus dem Gewächshaus, aber wie sie die beiden Niedergebrochenen sehen, heben sie im Entsetzen ihre vier Hände abwehrend gegen sie, suchen sich vergeblich aus der Erstarrung zu schütteln und wagen sich nicht näher. Das Mädchen mißt sie mit Blicken, beide haben ihr in Morgen- und Abendstunden zur Liebe nachgestellt; sie ruft sie um Hilfe an, aber sie schütteln nur immer die Hände und die Köpfe. Da nimmt sie dem Alten die Rosen aus der Faust, faßt sie wie eine Rute, tritt vor die beiden Männer hin und schlägt ihnen mit der Rosenrute rasch hintereinander in die blassen Gesichter. Entsetzt rasen sie davon. Der eine von ihnen wohnt in der Stadt bei einer Witfrau zur Miete; noch zitternd vor Schrecken kommt er in seiner Stube an, um sein Bündel für die Wanderschaft zu schnüren; aber schon hat ihn die Krankheit erfaßt.

Und so schildert nun der Dichter, wie das Übel Haus vor Haus und Straße vor Straße sich in das Herz der Stadt hineinfrißt. Die Beschreibung der Seuche mit ihren medizinischen Besonderheiten spart er sich bis zur Erkrankung des Adjutanten am fürstlichen Hofe auf, nachdem er vorher seine glänzende Erscheinung, seine Lasterhaftigkeit und Grausamkeit geschildert hat.

Ungefähr dieses war der Inhalt des ersten Gesanges. Wislizenus hörte mit der intensiven Aufmerksamkeit zu, die dem Vorlesenden das Wort leicht vom Munde nimmt; so daß Wohlgethan in eine immer wachsende Sicherheit geriet und sich in allen Stücken gebilligt, ja bewundert glaubte.

In Wirklichkeit wurde er von Wislizenus mehr als einmal um ein paar Dutzend Verse betrogen, und nicht die reine, dumpfe Freude, zu nehmen, was gegeben wurde, hörte ihm zu, sondern die Überwachheit eines Sachverständigen. Wislizenus ließ sich von keinem Zug der Komposition überraschen, sondern erkannte sogleich seinen Zweck und fühlte also jede Willkür der Bindung mit doppelter Klarheit. In solchen Augenblicken verlor er, ohne es an seiner Miene merken zu lassen, die Aufmerksamkeit und fühlte, wie auch bei jedem Fehler und jeder Schwäche anderer Art, eine Verwerfung und Geringschätzung gegen den Dichter, der er immer versucht war, nachzusinnen, so daß er sich mit Willen zum Hören erst wieder zurückleiten mußte. Bei allem Hochmut dieser Regungen waren sie doch von Selbstverachtung nicht frei, denn als guter Kenner seiner Selbst spürte er eine Schadenfreude darin, deren Bewußtsein ihn demütigte.

Als der Vorlesende nach der Beendigung des ersten Gesanges aufsah, nickte Wislizenus: »Es ist sehr gut! sehr gut, sehr stark.«

Wohlgethan erwiderte eifrig: »Das war nicht mehr als ein Vorspiel. Jetzt erst beginnt das Gedicht. Ist es dir recht, wenn ich gleich weiterlese?«

Wislizenus bat darum, aber Wohlgethan zögerte noch und bemerkte: »Das, was nun kommt, bedarf allerdings noch überall der Feile. Du mußt es dich nicht stören lassen, wenn die Einzelheiten ungenügend erscheinen.«

Wislizenus beruhigte ihn: »Du weißt, daß ich auch das Unfertige recht zu hören verstehe, und ein Werk wie dieses wird noch lange ein stete Arbeit von dir wollen. Du wirst noch für die zehnte Auflage Korrekturen einfügen, das prophezeie ich dir.«

Wohlgethan errötete: »Prophezeist du zehn Auflagen?«

»Auch das«, sagte Wislizenus.

Der Dichter wurde glücklich über die ganze Haut. »Du hast recht«, sagte er, »es muß verbessert werden, solange es lebt! Ein solches Werk muß seine Form haben wie einen glasharten Überguß, wie der Stahl von Geldschränken, von dem jeder Meißel abflitzt.«

Er begann den zweiten Gesang zu lesen. Das Land und die Stadt sind verödet. Die Pest, die nichts mehr zu morden hat, liegt wie ein gelblicher Nebelschwaden unbeweglich über der Erde. Und in diesem Schwaden hocken auf Hekken, Gemäuer, Baumästen und Zäunen die Seelen der Toten als weißliche Kugeln von verwestem Licht. Sie schaukeln leise hin und her und können sich nicht aufwärts in den reinen Luftraum lösen. Mit einer schnellen Verwandlung ließ der Dichter die Wolke der Seuche gleichnisartig zu einer Wolke der menschlichen Leidenschaften werden und verteilte auch in diesem Luftpfuhl die schwankenden Seelen phantastisch, doch mit beginnender Ordnung.

Während dieser Stellen geschah es, daß Wislizenus tief erblaßte und sich so stark in seinen Sessel zurücklegte, daß der ohnedies etwas unsicher gewordene Dichter es merkte und fragend aufsah.

»Verzeih«, sagte Wislizenus und strich sich über die Stirn: »Es gibt keine Phantasie über unser Leben nach dem Tode, die ich nicht, und sei es auf einen Augenblick, auf eine Stunde, eine Nacht, so manchmal auf eine ganze Woche glaubte. Es gibt nichts so Absurdes, daß ich es nicht einmal, und nichts so Gewisses, daß ich es immer glaubte. Das Irrsinnige hat keinen gänzlich irren Sinn für mich, und die reine Wahrheit keinen gänzlich reinen. Doch du sollst dich nicht stören lassen, Wohlgethan, für dich war das ja ein Triumph.«

Wohlgethan fuhr fort; aber das Bewußtsein, so wörtlich genommen zu sein, beunruhigte ihn, er fühlte sich stellenweise verzagt und mußte sich dabei ertappen, zuweilen selbst nicht zu verstehen, was er las, sondern die Worte nur wie einen betäubenden Druck im Gehirn zu spüren, wobei er doch sicher war, richtig und mit Ausdruck zu lesen.

3

Aber von jetzt an war die tiefe Stille des Hauses gestört. Beide, der Leser und der Hörer, lauschten zuweilen zerstreut hinaus, und es wunderte sie nicht, als sie vom Wege her eine Stimme sich nähern glaubten. Nicht lange, und sie erkannten wirklich eine menschliche Stimme, die sich in einem betrunkenen Singsang entlud und in ein veritables Heulen überging.

Wohlgethan warf sein Manuskript nervös hin, mit einer vorwurfsvollen Geste, als trage sein Gastfreund schuld an der Störung. Der aber lächelte und hörte nur immer mit einem wunderlichen Vergnügen dem Toben von draußen zu. Als er jedoch den Dichter vor Wut an der Lippe kauen sah, raffte er sich höflich und entschuldigend auf und sagte, daß er selbst von dem Zwischenfall überrascht sei, es komme manchmal in drei, vier Wochen kein Angerufener zu ihm heraus. »Aber«, fügte er hinzu, »das wird dich doch nicht aus dem Konzept bringen; fahre nur fort!«

Draußen ging das Geheule und Gesinge weiter, und der Trunkenbold schien sich damit zu vergnügen, auf dem Staketenzaun mit einem Prügel Harfe zu spielen. Wohlgethan las mit zusammengezogenen Augenbrauen ein paar Verse, dann aber unterbrach er sich: »Ich kann nicht«, und reckte den Kopf zum Hören, »das ist ein toller Hund, nichts Besseres. Wenn eine Hundeseele in einen Menschenleib fährt, dann ist der Teufel los.«

Wislizenus maß ihn mit einem seltsamen Blick, stand auf und machte sich an einer Kommode zu schaffen: »Ich kann dir nicht helfen, lieber Dichter, oder soll ich dir den Hund niederschießen? Ich habe einen schußfertigen Revolver hier im Schub.«

Wohlgethan versetzte hochmütig: »Wenn es keine bürgerlichen unangenehmen Folgen hätte, ich sagte nichts dawider.«

»Wir wollen ihm doch noch eine Gnadenfrist geben«, meinte Wislizenus und begab sich wieder auf seinen Platz.

Der Betrunkene war verstummt und schien weitergegangen. Es war plötzlich stiller als vorher im Haus, und Wohlgethan fing wieder zu lesen an. Dem Hörer schien es, daß die Unterbrechung dem Dichter irgendwie nicht unwillkommen gewesen sein mochte. Sie war gerade an einer Stelle eingetreten, wo das Gedicht einen kleinen Bruch hatte. Es kam von der weiter als nötig malenden Schilderung der bleichen, kugelhaften, erschrocken hin und her wehenden Seelen nicht los und bedurfte eines gewaltsamen Überganges: Vom reinen Himmel dröhnt Posaunenklang, der Erzengel Michael, die Waage in der linken, die Lanze mit dem Fähnlein in der rechten Hand, fährt mit Scharen von Engeln hernieder, die Seelen im Schrecken lösen sich von den Stellen, an denen sie kleben, und wimmeln dem Marktplatz zu. Erst in dieser Schilderung gewann die Dichtung wieder Kraft; aber Wislizenus war tiefer verstimmt als bei jeder früheren Schwäche, und es war nichts von Schadenfreude, sondern eher eine Erbitterung in seinem Urteil. Dichter, o Dichter, sagte er in seiner Seele, und er überhörte nicht ein Geräusch, das ihm wie das Klinken seiner Hoftür vorkam. Und richtig, ein paar Augenblicke später donnerten ein paar harte Fäuste schon gegen die Haustür.

Wohlgethan fuhr entsetzt in die Höhe: »Das ist doch aber –«

Wislizenus beruhigte ihn: »Jetzt haben wir ihn, jetzt werden wir ihn am ehesten los.« Er nahm aus seiner Börse ein Geldstück, ging hinaus, holte sich eine brennende Lampe aus der Küche und schloß die Haustür auf. Er leuchtete einem riesenhaften Menschen, der in der Blendung des plötzlichen Lichtes verstummte, ins Gesicht und fragte ihn ruhig und ohne sonderliche Strenge: »Was wollen Sie hier?«

Der Betrunkene starrte ihn an, sein Gesicht war von einem mächtigen Bart umwuchert, seine Augen blinzelten irre und wild, sein Atem strömte im Nebel sichtbar wie eine

Wolke von ihm aus. Er wußte nicht zu antworten und heftete seine Augen auf die Schwelle.

Wislizenus reichte ihm das Geldstück hin und sagte: »Da, kaufen Sie sich was dafür, Schnaps am besten; Sie haben noch nicht genug.«

Der Betrunkene nahm das Geld und sah Wislizenus an. Er war weder aus dem Dorfe noch auch aus der Gegend überhaupt. Einen solchen fanatischen, wahnsinnigen Blick hätte in dieser dürftigen, sich kläglich und klüglich haltenden Bevölkerung kein Auge hervorzubringen vermocht. Die beiden Männer starrten einander an.

»Warum haben Sie denn noch Licht, he?« fragte der Betrunkene.

Wislizenus wußte nicht, warum er mit dem ganzen Aufwande, nicht nur einer gelegentlichen, sondern seiner letzten Energie antwortete: »Weil ich hier lese, und dazu brauche ich Ruhe, und nun scheren Sie sich!«

Der Betrunkene drehte erst seinen ganzen Leib weg, ehe er die Füße regte, dann tappte er davon. Wislizenus blieb noch ein Weilchen stehen. Die Sterne, wie von einem wahnsinnigen Engel ausgeschüttet, funkelten, der Nebel schwankte in Strähnen, von den Feldern her kam der Geruch von Rüben, Kohl und verfaulenden Pilzen.

Wislizenus trat zurück und schloß die Tür wieder ab. In seinem Zimmer fand er den Dichter mit einem Bleistift in seinem Manuskript Notizen machend, und kaum aufsehend, als er zu ihm trat. Er nahm, indem er den Bleistift in eine an der Uhrkette baumelnde Hülse zurücksteckte, sogleich sichtlich erfrischt seine Vorlesung wieder auf: Die Seelen der Verstorbenen, vom Engel Michael wie Schafe zusammengejagt, fahren auf dem Platze der Residenz auf und ab, gewöhnen sich aneinander und erkennen einander. Damit hebt ihre Qual an. Aber ehe sie ihr gänzlich ausgeliefert werden, gibt es noch eine Unterbrechung; die schöne Gärtnerin aus dem ersten Gesang kommt lichthaft, doch in ihrem Umriß unverstellt, nur blinden Auges, in ihrer Rechten noch die Zuchtrute weisend, dahergeschwebt, hält still und schlägt die Augen auf. Kaum aber hat sie *gesehen*, so wirft sie Kopf und beide Arme dem Himmel entgegen und fliegt wie ein Pfeil aus dem düstern Brodem ins Helle hinauf. Und wenn dieser stummen Gespenster- und Todeswelt noch Sinne geblieben wären, so hätte sie die Bewegung des Mädchens als einen Schrei des Entsetzens und ewigen Abschieds vernommen; so aber waren sie zurückgelassen, der Wohltat der Sinne beraubt und *zum Wissen verdammt*.

»Damit schließt der zweite Gesang«, sagte der Dichter, »und im dritten beginnt die Hölle, die Hölle des Wissens.«

Wislizenus hatte einen winzigen Rest vom Geruch der Nacht in seinen Sinnen; der peinigte ihn, daß er eine Erinnerung, einen Gedanken, ein Einverständnis über seine Person hinaus suchen mußte. Nach einem Seufzer des Verzichts brach er, als der Dichter schwieg, unvermittelt aus: »Verflucht sei doch keiner wie der Mensch, der uns lehrte, in der Natur etwas zu suchen, das spricht! Welch eine Qual, das Unfaßbare vor Augen zu sehen. Die Trauer, daß die Natur uns nichts gibt, das ist alles, was sie gibt. Die Linie des Horizonts ist die größte Marter, die ich kenne; das Licht ist eine schlimmere Ungeduld als die Pubertät; und wenn ich nun denke, daß es doch vielleicht Menschen geben könnte, die in Heiterkeit Herren darüber sind, worüber ich nicht Herr bin –! Zu denken ein Gemüt, das alle Schönheit, alle Seele, die Feierlichkeit, das Geheimnis der Bäume, des Horizonts, des Lichtes und der Dunkelheit nicht, wie ich, mit Trauer und Sehnsucht faßte, sondern mit Freudigkeit und Besitz! Es ist das Wesen des Horizonts, traurig zu machen – wie? das sagte ich schon? – aber zu denken der, den es heiter machte! Die Unfaßbarkeit der Schönheit – zu denken der, der sie faßte – versteh es recht: nicht der die Schönheit faßte, sondern die Unfaßbarkeit! Doch verzeih! glaube nicht, daß ich nicht gehört hätte! Vielleicht nur – bin auch ich schon unter deinen ›wissenden Seelen‹.«

Der Dichter schüttelte besorgt den Kopf und sagte ungekränkt: »Du bist nervös, Freund. Die Einsamkeit, ja, in dieser Übertreibung, wie du sie pflegst, ist doch ein Gift.«

»Laß weiter hören«, sagte Wislizenus; und der Gast begann seinen dritten Gesang, der von der Strafe der Seelen handelte, die zum »Wissen« verdammt sind. Jetzt löste das Gedicht sich in Gestaltung auf, und es war schnell ersichtlich, daß es Repräsentanten der Menschheit einzeln vornehmen, ihre Lüge entlarven und ihre Sünde abstrafen wollte.

## 4

Aber der Vorlesende kam nicht weit, ein Gegenstand wurde an die Haustür geworfen, von dem Wislizenus sogleich vermutete, daß er das Geldstück wäre, das er dem Betrunkenen gegeben hatte. Und wirklich donnerte es gleich darauf wieder an die Tür, und ein heulendes Schimpfen hob an. Wohlgethan war tief gekränkt. Wislizenus aber sah ihn an und wurde mit einem Schlage blaß bis in den Bart; ihm schwindelte, wie einem bei vorgestellter Wut schwindelt; er ging an die Kommode, nahm seinen Revolver heraus und steckte ihn in die Tasche. Als er an der Haustür war, den Schlüssel umdrehte, hörte er den Betrunkenen, immer brüllend, zurücktaumeln, er öffnete die Tür und trat hinaus. Der Betrunkene stand fünf Schritte vor ihm auf dem Hof, riesengroß in dem schwachen Licht vom Flur, er lachte wütend und schrie:

»Willst du Hund mir für eine lumpige Mark dein Haus abkaufen? Willst mir dein Licht abkaufen für eine Mark? Willst Bücher lesen?«

Wislizenus nahm den Revolver aus der Tasche und trat auf den Betrunkenen zu. Der schrie ihn mit gesteigerter Wut an: »Für eine Mark tu' ich es nicht wieder.« Wislizenus hob den Revolver und schoß; der Betrunkene fiel mit einem japsenden Laut zusammen.

Einen Augenblick blieb Wislizenus stehen, dann ging er zurück, schloß, wie jedesmal, die Haustür sorgfältig und kam in sein Zimmer. Dieses Mal traf er den Dichter nicht beim Korrigieren, Wislizenus ging hinter ihm zur Kommode und legte den Revolver hinein, dann nahm er wieder seinen Platz ein.

»Was war das«, fragte Wohlgethan entsetzt, »es war mir doch, als ob – ich hörte doch –«

Wislizenus sah ihn prüfend an. »Du kannst jetzt ungestört weiterlesen. Lies weiter, Wohlgethan! er wird dich nicht mehr stören.«

»Was hast du gemacht?« fragte der Dichter.

»Ich habe ihn abgeschossen wie einen Hund, der er war«, lautete die Antwort.

Er ist wahnsinnig, fuhr es Wohlgethan durch den Sinn, und alle seine Glieder lösten sich vor Schreck. Er sah, wie seinem Gegenüber die Schläfen bebten, aber seine Stimme klang beherrscht, als er fortfuhr, ohne daß freilich Wohlgethan unterscheiden konnte, ob der Wahnsinn oder der teuflische Hohn zu ihm spräche:

»Wäre ich an deiner Stelle, oder wären wir beide an der Stelle irgendeines verschollenen Helden, so würden wir uns über diesen Zwischenfall leicht fassen. Sollte das flüchtige Leben einer Fliege« – er zeigte auf eine, die winterträge an dem Manuskripte kroch – »nicht leicht wiegen gegen Verse, die vielleicht die Unsterblichkeit von Jahrzehnten in sich tragen! Gesteh es: auf eine so großartige Weise ist noch keinem Dichter geschmeichelt worden.«

Doch Wohlgethan war nicht imstande, die Sache von dieser Seite zu nehmen. Mit einer fast kindlichen Bangnis rief er aus:

»Aber, Wislizenus, ein Mensch! es ist ja ein Mensch!«

»Ich dachte, es wäre ein Hund«, erwiderte Wislizenus, »ich dachte, es wäre eine Fliege. Hund, Fliege, Mensch, liegt an dem Namen was? Du wirst doch nicht den Aberglauben des Wortes haben! Ich versichere dir, es war ein gänzlich verwahrloster Landstreicher und Chausseefeger. Er war, und jetzt ist er nicht mehr. Schade, ich dachte, daß dir damit etwas Gutes geschehe, – aber wem ist denn was Übles geschehen? Niemandem. Ich versichere dir wiederum, es hat ihn keine Qual gekostet. Der Schmerz ist ein Übel, der Tod nicht. Er war, und jetzt ist er nicht mehr, basta. Lies weiter.«

Wohlgethan zitterte vor Furcht: »Lesen?«

Wislizenus sagte: »Er war einer von den wilden Landstreichern, vielleicht schon über die Fünfzig, der sich nach seiner ersten Zuchthausstrafe, wenig über zwanzig Jahre alt, von der menschlichen Gesellschaft abgelöst hat. Seinem Aussehen nach würde ich ihn für einen Litauer halten. Niemandem ist Übles mit seinem Tode geschehen, es sei denn, du glaubtest, ihm selbst. Glaubst du das?«

»Ich kann nicht philosophieren in diesem Augenblick«, erwiderte Wohlgethan.

»Kannst du es nur, wenn es ein Spaß ist?« höhnte Wislizenus offen heraus; »glaubst du, daß er eine Seele hatte? Nein, du glaubst es nicht, so wenig du es von der Fliege glaubst. Dann ist also nichts weiter geschehen, als daß eine etwas zu groß geratene Fliege geklatscht wurde. Oder bist du ein wenig angesteckt von deinem eigenen Gedicht? und hätte er also doch ein Stück Seele gehabt? Oh, nicht wahr, lieber Freund, dann haben wir –.«

Unwillkürlich warf der Mitschuldige ein: »Wir?«

»Nein, ich«, sagte Wislizenus, »dann habe ich ihm wohlgetan, dem Leibe, den die Seele gewiß gequält hat, und der Seele, die sich verzweifelt in ihrem Gefängnis stieß. Dann hockt sie vielleicht, diese Seele, draußen auf dem Zaun und schaut durch den hölzernen Fensterflügel zu uns herein. Eine Seele kann gewiß durch ein fichtenes Brett sehen.«

Wohlgethan, aufs äußerste gequält, erhob sich zitternd und wollte hinaus.

»Wohin?« fragte Wislizenus.

»Nachsehen, ob nicht zu helfen ist«, sagte Wohlgethan mit Tränen in den Augen.

Aber als er sich zum Gehen wandte, hielt ihn das laute Gelächter seines Freundes zurück. »Nun, Wohlgethan, setz' dich«, sagte er. »Hast du wirklich diesen ganzen Spuk geglaubt? Oh, die Eitelkeit der Dichter ist doch grenzenlos! Es als möglich anzunehmen, daß man einen Menschen tötet, damit ein Dichter ungestört Verse vortrage!«

Zweifelnd, aber von einem beginnenden Jubel bedrängt, sagte Wohlgethan: »Ich habe doch den Schuß gehört!« »Natürlich hast du ihn gehört«, rief Wislizenus, »er hat ja geknallt. Ich habe den Revolver ständig voll Platzpatronen; ohne die getraute ich mich nicht so allein hier zu hausen. Mehr als einen Knall aber hat man wohl in den seltensten Fällen nötig, und für die seltensten Fälle – sorge ich nicht. Ohne ein Gewaltmittel, kannst du sicher sein, wären wir den Kerl nicht losgeworden. Der kommt nicht wieder, ich sah ihn noch gerade durch den Nebel davontorkeln, dem Walde zu, dort mag er seinen Rausch ausschlafen, oder in der Feuchtigkeit verklammen, oder sich an seinem Hosenriemen aufhängen. Würde es dir irgend etwas ausmachen, welcher von den drei Fällen eintritt?«

Wohlgethan sann einen Augenblick nach und antwortete: »Doch. Wenn ich in der Zeitung lese, daß da und da im Walde ein erhängter Trunkenbold aufgefunden wurde, so ist mir das vollkommen gleichgültig. Wenn es aber dieser und jener bestimmte Mensch ist, den ich kenne oder der mir auch nur begegnet wäre – am Schalter eines Bahnhofs, wenn ich ein Billett löse, gleich ist ein Interesse da, und mir wenigstens ist es in solchen Fällen so, als ob mein Verhältnis zu ihm stärker gewesen wäre, als es in Wirklichkeit war.«

»Nun, siehst du«, sagte Wislizenus, »so hätte ich ihn ja schon deshalb nicht töten dürfen, weil er gar nicht so losgelöst in der Welt herumschwamm, wie ich glaubte; hing er doch schon mit einem Fädchen an dir.«

»Und an dir«, versetzte Wohlgethan lebhaft, »und nicht an einem Fädchen, sondern an einem Seil, wenn du ihn getötet hättest. Der Mord ist ja eine Tat in der moralischen Welt auch ohne seine Wirkung, – und das war der Fehler in deiner ganzen Philosophiererei von vorhin. Du wolltest den Mord nur nach seiner Wirkung wägen, das eben ist der Fehler.«

»Sieh da«, sagte Wislizenus, »nun bist du wieder ein Dichter.«

Als aber Wohlgethan nach einem weiteren Gespräch doch wieder zu lesen anhub, mußte er die Bemerkung machen, daß er aus dem Umkreis seiner eigenen Dichtung vertrieben war und sie so von außen fühlte, wie kaum ein fremder Hörer. Eine schreckliche Nüchternheit befing ihn, und seine Verse klangen ihm nüchtern, willkürlich und sinnlos am Ohr vorbei. Dabei konnte er sich nicht enthalten, zuweilen hinauszuhorchen und in den dunklen Fenstern nach einem Paar Augen zu spähen.

Sein Gedicht bewegte sich indessen jetzt lebhafter vorwärts als in den einleitenden Partien. Es zeigte an scharf aufgefaßten Beispielen, wie die wissend gewordenen Seelen der Lüge inne wurden, von der sie während des Lebens umgeben waren. Da war zuerst ein reicher Wohltäter, dicker als die andern bleichen Lichtkugeln, der im Schweben noch wackelte und immer dicker wurde von der Erkenntnis, daß er Heuchelei statt Dank, Neid statt Dank, Fluch, Haß und Todesfeindschaft statt Dank überall geerntet hatte, wo seine Hilfe hingeflossen war; und alles das schmeichelte ihm jetzt mehr, als ihm im Leben Demut und Kriecherei geschmeichelt hatten; so daß er sich aufblähte vor Selbstgefälligkeit und moralischer Überlegenheit hoch über die andern Seelen hinaus; aber im Augenblick des Triumphes spürt er durch all seine Gespenstatome hindurch, daß er auch gelogen hat mit jedem Pfennig und jedem Goldstück, die er in die Hände der Armut gelegt, daß er unterdrückt, verhöhnt, verachtet und verspottet hat, wenn er spendete: er sinkt wie ein geplatzter Kinderballon zu einem Mißhäutchen zusammen, – und da lachten die Seelen auf dem Markte.

So in einem bösen, immer böseren Reigen führte der Dichter seine Typen vor. Aber die saubere Ordnung und

Vollständigkeit seiner Gesichte erschien ihm jetzt pedantisch und quälte ihn, so daß er immer abgehackter las und für jeden Vorwand, aufzuhören, dankbar gewesen wäre.

So war er denn wie erlöst, als Wislizenus, gleichsam unwillkürlich und bezwungen, bei einem Absatz ihn unterbrach: »Es ist stark; stark und gut.« Wohlgethan, der verständlicherweise dem Wort nicht glaubte, sah ihn bedenklich an; aber Wislizenus stand auf, und als ob er von der Vortrefflichkeit des Gehörten geradezu bedrängt wäre, ging er durch das Zimmer und sprach mit dem Verständnis, das ihn auszeichnete, und dabei mit gut gesteigerter Hingerissenheit über das Werk.

Sonderbarerweise wurde Wohlgethan davon nur immer mutloser. Es war in den Worten seines zweideutigen Freundes etwas, was das Gedicht als Leistung richtig und dabei weit über das Mittelmaß einschätzte, was ihr aber einen Platz ganz außerhalb der Wahrheit anwies, in der die wirklichen Meisterwerke der Kunst zu Hause sind. Niemals hatte Wohlgethan eine solche Hellhörigkeit für diesen zweideutigen Ton gehabt wie jetzt, und so überwand er sich, und mitten während der Expektoration des andern klappte er sein Manuskript zu und sagte: »Weiter wollte ich dir ohnehin nicht vorlesen.« Wislizenus nahm das mit einer lebhaften Geste an, als verstünde er den Dichter vollkommen. Dann erkundigte er sich nach dem Plan und Fortschritt des Werkes, aber Wohlgethan wich ihm aus und sagte: »Verzeih, daß ich darüber nicht spreche, ich möchte mir jedoch nichts vorwegnehmen; man muß sich eine gewisse Selbstüberraschung sichern. Ich bin dir sehr dankbar, daß du mir zugehört hast und bisher nicht ganz widerwillig gefolgt bist.«

Wislizenus, den das geschlossene Manuskript befriedigte, bezeigte eine große Wärme und sprach noch einmal zusammenfassend über das Gedicht, in einer Weise, die den Dichter, und schließlich ihn selbst, mit dem Stand der Dinge, nämlich der Lektüre und dem Aufhören der Lektüre, aufs beste versöhnte. »Nun aber«, schloß er, »müssen wir noch etwas miteinander trinken und auch rauchen, und dann heißt es zu Bett, es ist elf Uhr vorbei, da schläft die ganze Welt hier – bis auf das, was wacht, natürlich.«

Er brachte aus einem Schrank im Nebenzimmer Gläser und eine Kiste Havannazigarren, bat den Freund, sich zu bedienen, und holte inzwischen aus einer Kammer neben der Küche den Wein, eine dicke Flasche, deren ehrwürdiger Altersstaub etwas Besonderes versprach und auch hielt. Er goß ein, es war ein schwerer, wie reines, flüssiges Harz leuchtender weißer Burgunderwein von einem alten Jahrgang. Dann setzte er sich wieder an seinen Platz, aber bevor er mit dem Freunde anstieß, legte er ihm die Hand auf den Arm und sagte: »Diese unendliche Stille! jetzt erst ist sie wieder da, jetzt erst hat sie auch dich vollständig bezwungen und deine widerstrebenden Wellen in sich bezogen.«

Der Dichter horchte ins Zimmer hinein, und auch ihm schien die Stille so ungeheuer, daß er sich im Augenblick kaum vorstellen konnte, das Haus stehe über der Erde, vielmehr schien es tief hineingesunken und überlagert von Schichten der Dunkelheit und des Schweigens.

Sie saßen unter spärlichem Gespräch, rauchten, tranken die Flasche und noch eine zweite leer, ohne daß der Dichter merkte, daß der andere ihm immer zweimal einschenkte, ehe sich einmal. Dann begleitete Wislizenus seinen Gast in das unter dem Dach gelegene, ziemlich kahle, aber saubere Fremdenzimmer, deckte ihm das Bett ab und sagte, er selbst schlafe in dem Zimmer geradeüber, falls Wohlgethan etwas wünsche; er habe, da die Post sehr früh zu ihm herauskomme, nur noch eine Viertelstunde zu schreiben. Dann wünschten sie einander gute Nacht, und Wislizenus ging in sein Zimmer hinunter.

## 5

Er saß eine Viertelstunde in seinem Sessel, ohne sich zu rühren, und er bedurfte der äußersten Anstrengung, um sich zu erheben und an die Arbeit zu gehen, die ihm bevorstand. Seine Tat erregte ihm aller paar Minuten ein augenblickskurzes Erstarren; aber nur weil sie so vollkommen unwiderruflich war. Nur weil es ihm unverständlich war, war es ihm schauderhaft zu denken, daß, ein paar Stunden in seinem Leben zurückgerechnet, ein Motiv von Flaumfederleichtigkeit genügt hätte, etwas zu verhindern, worein keine Macht der Welt jetzt noch eine Änderung bringen konnte. Vor dieser Tatsache wurde sein Impuls zur Tat ihm noch geringer, als er ohnehin gewesen war. Sobald er aber wieder diesem Impuls nachdachte, korrigierte er seine ganze Gedankenkette, indem er, statt ein paar Stunden aus seinem Leben, jetzt ein paar Stunden im Leben überhaupt zurückrechnete; und nicht etwa nur im Leben seines Freundes, des Dichters, oder des toten Vagabunden. Denn nun sah er den Freund vom Wagen steigen, sah die vier Beine und den Leib des Pferdes im Nebellicht sich riesenhaft davonbewegen, und wußte nicht, wo er das Messer hätte einsetzen müssen, um das Stück dieser wenigen Stunden aus der Welt herauszuschneiden. Und unter der Verschnürung dieses Zwanges vermochte er nun auch den toten Vagabunden nicht so von allem Zusammenhange der Menschen loszulösen, daß ihn ein Zufall hier auf den Hof geblasen hätte. War es kein Zufall, so war es das Schicksal, – und plötzlich schien es dem verstrickt sinnenden Manne etwas tief und großartig Erregendes zu sein, sich vorzustellen, wie dem bärtigen Straßenläufer eine Parze den Faden zugesponnen habe, von der Wiege, vielleicht auf einem Weichselfloß, bis zu diesem abseitigen Hofe einer märkischen Kiefernebene. Da war einer jener Augenblicke der Erstarrung, und wie mit einem lautlosen kugelförmigen Brausen fühlte Wislizenus sein Haus von allen andern menschlichen Häusern abseits in einer

Einöde liegen, wie kaum einer der Kontinente sie noch bergen mochte; der Vagabund aber wuchs ihm in diesem Zustand, der eine schwache, wankende Ähnlichkeit mit dem Alpdrücken seiner Kindheit hatte, zu etwas so irrsinnig Großem, als ob sein breiter Bart den ganzen Hof füllte.

Dennoch war in all diesem keine Spur von Angst. Die vollkommene Sicherheit, die Wislizenus wußte, schützte ihn vor jeder inneren Hast, sie glich etwa dem Zustande, wenn er am Morgen eine Belästigung durch einen zu schreibenden Brief fühlte und dann beschloß, die Arbeit bis zum nächsten Tage zu schieben, wo ihm dann der befreite Tag besonders lang und heiter vorkam.

Er horchte zur Treppe hinauf, und als ob ihn das versichert hätte, daß der Dichter schliefe, richtete er sich besonnen auf sein Geschäft ein. Er ging in die Küche, die neben dem Hausflur lag und ein Fenster nach Stall und Garten hin hatte, und schloß vorsichtig die Läden fester. Dann öffnete er, nachdem er seine elektrische Taschenlampe zu sich gesteckt hatte, die Haustür ohne Geräusch und ging auf den Hof. Die Nebelschicht war gewaltig in die Höhe gewachsen, die Sterne waren verschwunden, und eine zarte, zähe Feuchtigkeit schlug sich nach allen Seiten hin nieder. Er näherte sich, die Füße über den Erdboden schiebend, der Stelle, wo er den Toten vermutete, blieb nach ungefährer Schätzung stehen und ließ jetzt erst den scharfen Stich seiner Taschenlampe vor sich im Dunkel suchen. Sobald er gefunden hatte, was er suchte, ließ er den dünnen Stich des Lichtes auf dem dunklen Körper mehrmals auf und ab zucken, und zu seiner, ihn wunderte selbst wie ungeheuern Erleichterung sah er den Toten auf dem Rücken, mit dem Kopf zum innern Teil des Hofes nach dem Stalle zu liegen. Er prägte sich die Lage des Körpers genau ein, stellte das Licht seiner Laterne ab und steckte sie in die Tasche. Dann schritt er zum Stalle, die Schritte zählend, es waren sechzehn, sperrte die Stalltür auf und ging wieder die sechzehn Schritte zurück. Er hatte sie aber in der Sorgfalt seines Zählens etwas kürzer genommen als vorhin, und als er sich bückte, faßten seine Hände in das kalte, feuchte Gesicht des Toten. Einen Bruchteil einer Sekunde zitterte sein Bewußtsein so genau im Gleichgewicht, daß es um ein Haar in ein fassungsloses Entsetzen hätte umschlagen können. Aber er hielt sich und nahm mit voller Kraft, wobei nur eine Hitzewelle über seinen Körper ihm zeigte, wie kalt er eben gewesen war, den Toten über den Arm, zog ihn zu seinem Leibe empor und schleppte ihn rückwärts in den Stall. Hier ließ er ihn sachte nieder, legte seine wieder angezündete Taschenlaterne auf den Holzklotz und sah sich genau um. Der Stall enthielt nichts als sauber aufgeschichtetes buchenes Brennholz, ein paar alte, zum Zerschlagen hineingestellte Kisten, Axt und Säge und anderes Handwerkszeug, wie es in einem gut gehaltenen Hause gebraucht wird. Er bettete den Leichnam an der dunkleren Wand des Stalles und stellte die Kisten davor. Dann nahm er einen Arm voll der Buchenscheite, soviel ungefähr am nächsten Morgen zum Heizen des Küchenherdes und eines Ofens nötig schien, und wollte den Stall verlassen; aber zwei-, drei-, viermal schien es ihm an Holz zu wenig, und er packte sich jedesmal noch einen Griff davon auf den Arm. Und so, eine lächerliche Last von Holz in der Beuge des linken Arms an sich pressend, und ein paar Stücke in der rechten Hand neben sich schleppend, schlich er sich hinaus und in die Küche, wobei er die Tür mit dem Ellenbogen herunterdrücken mußte, und hob seine Last in den Kasten, in welchem, wie er mit Befriedigung feststellte, noch Holz war, so daß die Magd am nächsten Morgen nicht notwendigerweise die ihr abgenommene Arbeit bemerken mußte. Dann ging er sachte zurück, schloß die Stalltür und steckte den Schlüssel zu sich. Und mehrmals ging er vom Stall gemessen sechzehn Schritte hin und wieder, mit den Füßen breit über den weichen Erdboden wischend. Der Nebel brodelte in dem schwachen Licht vom Flur dick und troff wie Regen. Wislizenus war höchlichst damit zufrieden und sagte sich, kaltmütig vor lauter Erschöpfung: gäbe es einen Verdacht, so fände der Dümmste soviel Spuren wie nötig. Es gibt aber keinen Verdacht, und so verraten auch die deutlichsten Spuren nichts. Eben, während er diesen Gedanken hatte, trat sein Fuß einen harten Gegenstand in den Sand, er hob ihn auf, es war ein knotenreicher Stock aus Wacholder ohne Krücke. Das Hauptindizium, dachte er, und nahm den Stock ins Haus mit. Er stellte ihn in eine Ecke des Hausflurs, löschte die kleine Lampe und ging in sein Zimmer nach oben, zu schlafen.

Wirklich verfiel er, kaum daß er sich im Bette ausgestreckt hatte, in Schlummer; und als er aufwachte, war er sogleich so überwach und übermunter, daß er glaubte, es sei schon Morgen und Zeit, der Magd das Haus aufzuschließen, wie er täglich zu tun hatte. Er machte Licht, es war halb drei Uhr. Rechnete er nach, so konnte er nicht länger als anderthalb Stunden geschlafen haben. Er löschte das Licht wieder und sah so angestrengt in das überströmende Dunkel des Zimmers, *als ob er beobachtet würde*. Er sah sich mit einer Last von an der Schnittfläche ziegelroten Buchenscheiten aus dem Holzstall über den Hof gehen, im vollständigen Dunkel der Nacht. Wie konnte er sich sehen, wenn es doch dunkel war? und doch sah er so bestimmt, daß er die scharfe Keilform der harten Buchenstücke so genau wie ihre Farbe bemerkte.

Es fiel ihm ein, daß in den Erzählungen russischer Dichter die Mörder immer in einen so tiefen Schlaf, wie der seinige gewesen war, verfielen, und immer, wie er, mit plötzlicher Überwachheit daraus aufjagten. Aber was sie auftrieb, war immer das Gewissen, die beginnende Neugeburt ihrer Menschlichkeit. Er jedoch, Dr. Wislizenus, lag da, hörte ein leises Graben und Schaben des Wurms im Holz, hörte von den Treppenstufen die Geräusche, die unschuldigen, die doch nichts weiter waren als ein über ein paar hundert Jahre hingezogenes Erdbebenkrachen des versinkenden Hauses, all das leise Knacken und winzige Splittern, das vom Quillen der Feuchtigkeit, vom Nachzittern der Tritte, von der bloßen Schwere der Lasten stammte, und wußte nichts vom Gewissen – so wie er nichts vom Strich des Horizonts mit dem Mond darüber wußte, von Wald, Wasser und Luft nichts wußte; und sogleich wies er es mit Geisteskraft triumphierend zurück, daß in dieser Form, in diesem Vergleich das Gewissen sich einschleichen könnte. Es schien ihm sicher, daß das Gewissen nur aus der Furcht vor den Folgen der Tat entstünde. In Salas y Gomez gäbe es kein Gewissen, und ich bin in Salas y Gomez. Salas y Gomez raget aus den Fluten – zu denken die Nacht des Weltmeers, die eine unbewohnte Insel umfängt! Wenn ich jetzt schliefe, würden auch nur Träume dieses Salas y Gomez hier bevölkern, ungehört würde es im Gebälk ticken! Könnte sein, daß ich eine unsterbliche Seele habe, die einmal Rechenschaft ablegen muß. Gut, so werde ich bis dahin warten. Ja, wenn die Wahrscheinlichkeit davon wie tausend zu eins wäre, so würde ich mich um einen Vorteil betrügen, wenn ich auch nur eine Stunde früher als nötig Qualen wegen einer Tat erleiden wollte. Das wäre so sinnlos, wie es ehemals sinnlos war, daß ich über die Tötung eines Käfers Qual empfand.

Während Wislizenus diesen und ähnlichen Gedanken nachging, konnte er nicht verhindern, daß er, ohne jeden Zusammenhang, sich selbst wieder mit dem Arm voll Holz aus dem Stall schreiten sah. Er schüttelte seinen Kopf gegen das Bild wie gegen Kopfschmerzen, aber es blieb, ging und kam wieder, unabhängig von seinem Willen. Wie lächerlich dieser Magddienst an ihm! Das stumme, aufdringliche Bild flüsterte ihm etwas in die Seele: etwas von der ungeheuern, nie zu fassenden Sinnlosigkeit und Nutzlosigkeit seiner Tat.

Wislizenus richtete sich auf. Das Bewußtsein von der Sinnlosigkeit der Tat fing an ihn zu quälen und zu zerfleischen. Er erinnerte sich, daß er an seinem Freunde, dem Dichter, etwas hatte strafen wollen mit seiner Tat. Aber in seinen überheblichen Gedanken über den Dichter, über die Dichtung, über das tote, affektierte Gerede des Verses gewahrte er jetzt seine eigene, unfaßbar große Lebensschwäche.

Wen der Schein und das Gleichnis, der Selbstbetrug des Weisen und der kindliche Hochmut des Dichters bis zur Ratlosigkeit, bis zum Gelüst, sie zu verhöhnen und zu strafen, empören kann, der steht unsicher in seinen Schuhen, und daß er immer recht hat, ist nur sein lügenvollstes Anrecht, nichts Besseres. Wislizenus hatte die Stadt und ein in Jahrzehnten aufgebautes Leben verlassen, weil er glaubte, die Wirklichkeit so hüllenlos entdeckt zu haben, daß jede Form menschlicher Gemeinsamkeit davor zu einer Nichtigkeit wurde. Ein Mensch, der seine Notdurft verrichtet, erregt das Lachen oder den Ekel – denk ihn nicht obenhin, denk ihn wirklich, und er erregt weder Lachen noch Ekel. Eine nackte Frau im Bett, von ungefähr vorgestellt, macht wollüstig, aber stell' sie dir nicht von ungefähr vor, stell' sie dir wirklich, ja in der Wollust selbst vor, und dir macht sie keine. Ein Geschwür, eine Wunde, eine Verkrüppelung so schaudervoll, daß sie nicht das Mitleid, sondern die Mordlust wecken, sie sind nicht schaudervoll, wenn du sie wirklich betrachtest, Linie an Linie, Farbe neben Farbe.

Aber Wislizenus ließ diese Gedanken nur wie Hunde an sich emporspringen, wehrte ihnen nur mit den Händen und schenkte ihnen keinen Blick; sein Blick suchte über die Meute hinweg den Jäger. Und plötzlich fühlte er einen schweren Schlag: *Es ist! Die Welt ist!* In diesem Augenblick ist sie, zum erstenmal. Der ganze Verlauf bis hierher hat den Sinn, diesen Augenblick geschaffen zu haben. Bis hierher war alles Traum, Schauspiel und Wahn – jetzt aber ist die Welt! Sie ist – und nun erst ist sie auf ewig unverständlich.

Weiter versuchte er in die Nacht nicht vorzudringen, weiter wäre er freilich auch nicht gekommen. Er ließ sich in das Bett zurückfallen, stopfte sich die Kissen unter jede Höhlung des Körpers und verbrachte, ohne sich zu regen und ohne zu schlafen, die langsamen Stunden; bis endlich die ersten Sperlinge schlugen und das Haus und der Stall und der Garten wieder aus der Nacht in das Licht emporgehoben wurden.

## 6

Es war freilich nur erst ein graues, schwaches Licht in der Welt, als er aufstand, die Haustür öffnete und den Hof, aufmerksam suchend, hin und her schritt. Der Nebelregen hatte alle auffälligen Spuren zur Genüge verwischt. Um das viele Holz zu rechtfertigen, heizte er den kleinen weißen Ofen in seinem Arbeitszimmer selbst, setzte sich an seinen Tisch, wo zwischen den Büchern noch die Weinflaschen, Gläser und Zigarren und Aschenschalen von gestern standen, und ließ diese abgestandene Unordnung, gegen seine sonstigen Gewohnheiten, unberührt. Die Magd kam, er hörte sie in der Küche wirtschaften. Da sie sich über nichts im Leben ihres Herrn wunderte, weil nichts im Leben ihres Herrn ihr verständlich war, nahm sie es auch mit ihrer gewohnten, scheuen Gleichgültigkeit hin, daß er geheizt hatte. Sie deckte im Speisezimmer den Frühstückstisch mit ihren bäuerischen, schüchternen Gebärden, und Wislizenus fühlte durch ihr Ab- und Zugehn den Tag in sein gewohntes Geleise gebracht.

Nicht lange, so fand sich Wohlgethan ein und gewahrte mit Erstaunen den reich besetzten Tisch, auf dem drei große, in der Form verschiedene Kannen, eine jede über einer kleinen Spiritusflamme, warm gehalten wurden.

»Tee, Kaffee, Schokolade, was befiehlst du?« »Das ist ja sybaritisch«, meinte Wohlgethan. »Ach«, sagte Wislizenus, »das ist quoad Magen mein einziger Luxus, er wäre unnötig, wenn ich eine Magd hätte, die von selbst wüßte, was sie mir an jedem Morgen zum Wetter gehörig zubereiten müßte; dann brauchte ich nicht für alle Möglichkeiten zu sorgen. Teewetter hatten wir schon eine ganze Woche nicht, für Kaffee ist es noch zu flau, ich werde Schokolade nehmen. Wenn ich eine Phantasie habe, woran ich zuweilen zweifle, so wird sie durch diese Düfte – trinkst du den Tee so dünn? – jedenfalls wird sie nach der geographischen Seite hin nicht erregt. Höchstens an die Verpackung denke ich zuweilen, ein Kaffeespezialgeschäft gehört zu den stilvollsten Dingen, die ich kenne, ja, und dann natürlich an das Wetter. Heute ist Schokolade, bald wird es Kaffee sein, und dann werden ja auch die Tage für Tee noch einmal in die Welt kommen.«

Das war nicht die gewöhnliche Art zu reden bei Wislizenus, und Wohlgethan sah über seine an den Mund gehobene Teetasse aufmerksam zu dem Gastfreund hinüber. Die Magd kam herein und sagte: »Ich habe ein Markstück beim Abfegen auf der Schwelle gefunden.«

»Sechzehn«, unterbrach Wislizenus.

Das Mädchen legte das Geldstück auf den Tisch. »Was sechzehn?« fragte Wohlgethan. »Sechzehn Schritt«, erhielt er zur Antwort und ein rätselhaftes Lächeln dazu. Das Mädchen wußte nicht, ob es gehen oder Bescheid bekommen sollte.

»Die Mark gehört Ihnen«, sagte Wislizenus, »ich habe sie gestern schon einmal verschenkt, aber der stolze Vagabund hat sie mir gegen die Tür zurückgepfeffert, fort mit Schaden«, und er schob das Geldstück dem Mädchen hin.

Wohlgethan wurde es unbehaglich zumute. In der Nüchternheit des Morgens erschien ihm der ganze gestrige Abend wie etwas widerwärtig Übertriebenes. Sein Verdacht gegen Wislizenus kam ihm ganz unausdenkbar absurd vor, und während er sich das mit den stärksten Ausdrücken innerlich sagte, spürte er, daß er Wislizenus ohne die Witterung von Verdacht nicht mehr würde anschauen können. Ja, er fühlte die ganze Niedertracht *jedes* Verdachtes in dem Zwiespalt in sich, nach welchem man einen Menschen wegen eines vermuteten Verbrechens verachtet, den man wegen eines eingestandenen oder sonstwie offenbaren beklagen, bewundern, sich vor ihm entsetzen, aber jedenfalls ihn nicht verachten würde.

»Wie verteilen wir den Vormittag?« fragte Wislizenus. »Ich schlage vor: erst ein Spaziergang, dann liest du vor Tisch deine Sache zu Ende.«

»Lesen?« fragte Wohlgethan hastig, »o nein, ich habe auch nichts mehr zu lesen. Vom vierten Gesang habe ich ja kaum mehr als eine Skizze. Zwölf sollten es werden, ich weiß nicht. Nein, und am Vormittag lesen, das geht nicht, ich bin ein Abendvogel, das weißt du ja.«

Wislizenus ließ eine kleine Pause vorbei, ehe er sagte: »So wirst du heute abend weiterlesen.«

Doch Wohlgethan wehrte das sogleich ab: »Heute abend muß ich in Berlin sein, ich gedenke mit dem Mittagszuge zu fahren. Ich habe ja, Egoist, der ich bin, wieder deine Zeit und dein Interesse mehr als gebührlich für mich genommen.«

»Ja, Egoist, der du bist, Dichter, der du bist«, unterbrach ihn Wislizenus, »schade, nun hast du mir alle deine starken Geister ins Haus gebracht, und heute abend werde ich hören, wie sie noch ein Weilchen herumfegen, in acht Tagen haben sie sich zur Ruhe gelegt, wie der Staub unter dem Dach.«

»In acht Tagen?« fragte Wohlgethan gespannt; worauf Wislizenus lebhaft erwiderte:

»Ja, so lange werde ich wohl brauchen. Du unterschätzest doch hoffentlich nicht selbst die Wirkung, die von deinem Werke ausgeht. Den Himmel und die Hölle beschwören, das ist nichts Alltägliches, und man findet sich nicht so schnell damit ab, wenn man auch weiß, daß alles nur ein Gleichnis ist. Vielleicht nicht einmal ein bloßes Gleichnis. Das Volk beobachtet immer richtig, es schließt nur falsch; und wenn es nicht aufhört, von Gespenstern zu fabeln, so bin ich nicht abgeneigt, zu sagen: es muß etwas daran sein. Grade daß die Gespenster nur Unsinn und Schabernack treiben, grade das könnte vielleicht mehr für als gegen ihre Existenz aussagen. Man könnte sich vorstellen, daß der Mensch die Aufgabe hat, das Leben durch die Seele oder die Seele durch das Leben bis auf den letzten Tropfen aufzuzehren, und wem das nicht gelingt, der ist nicht fertig, nicht zu Ende, nicht vollendet oder erlöst oder wie du es nennen willst, und der muß weiterspuken, wie er auch vor dem Tode mehr gespukt als gelebt hat. Goethe und Napoleon spuken nicht, aber der Faule, der Dumme, der Eitle, der Hochmütige, der Geizhals, die gehen um. Sehr viel weniger Frauen gehen um als Männer, und Kinder hoffentlich gar nicht. Es ist sehr interessant, daß du deine Hölle unbewußt so zu bevölkern scheinst, wie das Volk seine Kirchhof- und ehemaligen Spinnstubengeschichten.«

Wohlgethan wurde es warm ums Herz, und Wislizenus merkte wohl, daß es nur noch eines burschikos derben Wortes bedurft hätte, um ihn zum Bleiben zu bewegen. Aber er hütete sich wohl, in diesen Ton zu verfallen, sondern befliß sich einer höflichen Haltung, wodurch alle Entschließungen gültig wurden. Sie verhandelten weiter bis ins einzelne über Wohlgethans Epos, nur Wislizenus richtete bei aller scheinbaren Aufmerksamkeit seine Gedanken auf den Ablauf der Stunden, dessen ihm geläufige Anzeichen er auf das genaueste kontrollierte.

Er fürchtete, daß die Magd vor der Zeit nach dem Stallschlüssel fragen könnte, und war froh, als ein Blick auf die Uhr ihm zeigte, daß es nahe an zehn war. Als er aufstand, erhob sich auch Wohlgethan und machte nun seinerseits den Vorschlag, auf einem Umwege nach einem ausgiebigen Spaziergange ins Dorf zu gehen.

Wislizenus dachte einen Augenblick nach, dann rief er das Mädchen herein. »Hast du deine Sachen schon gepackt?« fragte er Wohlgethan, und auf die bejahende Antwort gab er dem Mädchen den Auftrag: »Nehmen Sie die Tasche des Herrn Doktor und tragen Sie sie ins Dorf zum Gastwirt Moser. Dort bestellen Sie, ich ließe um ein Fuhrwerk bitten zu dem Zuge, der um halb zwei geht, es braucht aber nicht hier herauszukommen, wir werden selbst noch vor der Zeit im Gasthof sein, denn wenn es dir recht ist, Wohlgethan, so essen wir unten. Unser Mittagessen steht zu unserm Frühstückstisch immer in einem bedenklichen Kontrast. Und, Johanna, Sie brauchen dann heute nicht mehr herzukommen, ich gebe Ihnen frei. Morgen früh wie gewöhnlich.« Er sah sich in beiden Zimmern schnell um und fügte noch hinzu: »Im Arbeitszimmer sind Sie ja fertig, nun räumen Sie nur hier noch das Geschirr weg, mehr habe ich für heute nicht nötig.«

So geschah es. Nach einer knappen Viertelstunde verließ das Mädchen, mit der ledernen Tasche Wohlgethans, das Haus, und eine Weile darauf machten die beiden Männer sich auf ihren Spaziergang. Sie gingen in den Forst, aus dem Wislizenus sein Grundstück herausgeschnitten hatte, tief hinein, kamen an einen See, der in dem Schleier der sonnenlosen Herbstfeuchtigkeit recht groß aussah, und beschlossen, um den See herum zu spazieren, einen Weg ins Dorf von guten anderthalb Stunden. Der See war überall umbuscht, wenn auch die Erlen und Weiden schon besendünn in die graue Luft ragten. Birken standen noch im Goldschuppenkleid des Herbstlaubes, und ferne Pappeln täuschten mit dem Honiggrün ihrer Blätter einen Frühlingsrest in die Landschaft, so wie sie ja im Frühjahr etwas vom Herbst vorwegnehmen. Das Schilf, das stellenweise weit in den See hineinbuchtete, war im ganzen noch grau, zeigte aber schon den rötlichen Anhauch des Winters. Nur die Akazien waren in ihrer Herbstentwicklung unterbrochen, ein früher Nachtfrost hatte wie ein Brand die gefiederten Blätter gekrümmt und getötet, so daß sie wie eine zarte Wolke den Wipfel grau umhüllten. Es war völlig windstill, und kein Blatt bewegte sich. Der Anblick war ungewöhnlich friedevoll. Schläge von frischer Saat leuchteten still, die kalte Feuchtigkeit der Luft, die in der Nähe menschlicher Behausung und menschlicher Hantierung etwas Unwirtliches bekommt, war hier draußen in der tiefen Lautlosigkeit von großem Reiz; und die beiden Spaziergänger atmeten, ein jeder von seinen zwischenmenschlichen Gedanken befreit, tief und stark. Nur entdeckte Wislizenus in sich, daß er die anderthalb Stunden Weges, die vor ihm lagen, sonderbarerweise wie einen Gewinn betrachtete, wie einen Waffenstillstand oder etwas Ähnliches. Und immer, wenn der Stachel dieses Gedankens ihn traf, ließ er seinen Schritt entschiedener ausgreifen, als wollte er dem Schicksal seinen Willen und seine Kraft bezeugen.

Sie kamen um den See herum, durch einen kleinen Birkenwald auf die Felder, die das Hinterland zu der einen Seite der Dorfstraße bildeten, und bogen über ein bäuerliches Gehöft ins Dorf ein.

## 7

In der Wirtsstube wurden sie von dem Gastwirt, einem kleinen, fetten und bleichen Menschen, empfangen. »Schönen guten Morgen, meine Herren, bitte näher zu treten. Fuhrwerk steht zur Verfügung, meine Herren, Ihr Mädchen hat alles bestellt, Herr Doktor.« Er komplimentierte sie in das halb private Zimmer für die nobleren Gäste, das neben der großen Wirtsstube lag, und bot ihnen seine kleine Auswahl von Mittagsgerichten an, die aber, wie Wislizenus wußte, von der tüchtigen Hausfrau aufs beste zubereitet wurden. »Das Gescheiteste ist, Herr Moser, Sie schicken uns Ihre Frau«, sagte Wislizenus. »Wird gemacht, Herr Doktor«, antwortete der Wirt und rief hinaus.

Während die Frau, eine zarte, freundliche, saubere Erscheinung, kam und wegen des Essens so lange verhandelte, bis man sich wie gewöhnlich auf Koteletten mit Zubehör geeinigt hatte, hörte Wislizenus den Wirt in der Gaststube schimpfen. »Was sitzen Sie denn da immer in der Ecke? Faul ist die Bande, daß sie nicht die Hand rührt um ein Stück Brot. Wenn Sie nicht bald machen, daß Sie rauskommen, schmeiß ich Sie raus. Scheren Sie sich hin aufs Feld, helfen Sie Rüben putzen, dann können Sie sich ein Fünfgroschenstück verdienen. Nehmen Sie sich bloß in acht, daß meine Geduld nicht zu Ende geht –« und in diesem Stile weiter, wobei Wislizenus mit seinem geübten Ohr bemerkte, daß das alles nicht ganz so böse gemeint war, und daß eher ein gutes Zureden als eine Drohung in den Worten lag. Die Wirtin deckte ein weißes Tuch über den Tisch und sagte dabei: »Das ist eine Herumtreiberin, der ist der Kerl davon gelaufen, und nun sitzt sie den ganzen Vormittag da drin auf der Fensterbank und geht manchmal hinaus, kommt dann wieder, trinkt einen Schnaps nach dem andern und redet kein Wort.«

Die Frau ging ab und zu, legte die Gedecke auf, und als sie sich zur Küche wandte, fragte Wohlgethan: »Was für ein Kerl?« Die Wirtin verstand die Frage erst nach einem Blick mit offenem Mund, und gab Auskunft: »Ihr Kerl, mit dem sie getippelt ist.«

Wohlgethan wurde, ohne es zu merken, blaß und sagte zu Wislizenus mit einem Lächeln: »Das ist vielleicht unser Besuch von gestern gewesen.«

»Sehr wohl möglich«, antwortete Wislizenus, »sogar wahrscheinlich.«

Die Frau ging in die Küche hinaus. Wohlgethan stand auf und trat an die Glastür, die zur Gaststube führte. Nahe bei der Tür, durch die sie gekommen waren, sah er das Frauenzimmer hinter einem braun gestrichenen Tisch sitzen, ein Schnapsglas vor sich. Sie hatte einen blau und rot gewürfelten Umhang um die Schultern, einen verbeulten Kapotthut auf dem Kopf. Ihr Gesicht war rot und geschwollen, von Wetter, Trunk und Lastern, doch sichtlich auch von Tränen. Sie wischte sich noch jetzt zuweilen mit dem Zeigefinger die Augenwinkel aus. Ihr Alter war unbestimmbar, sie konnte ebensoweit in den Dreißigen wie in den Vierzigen sein. Dabei lag in dem verstockten, trotzigen Schmerz, mit dem sie dasaß, etwas, das über ihrer Verkommenheit einen Hauch von besserem Wesen bildete.

Wohlgethan hatte das alles mit einem Blick übersehen und kam in Verstimmung an den Tisch zurück. Auf eine Bemerkung von ihm begann Wislizenus, ihm allerlei von diesen Straßenläufern zu erzählen, die er oft im Wirtshaus beobachte, und sprach um so beflissener und ruhiger weiter, als er Wohlgethans zerstreute Verstimmung wachsen fühlte.

Zu ihrer beider Erleichterung kam das Essen, und als sie eben fertig gespeist hatten, knallte auch schon der Kutscher mit der Peitsche vor der Tür. Es gab einen hastigen Aufbruch, Wislizenus begleitete Wohlgethan zum Wagen, während der Wirt und die Wirtin, unter Bezeugung ihrer Höflichkeit, in der Haustür stehenblieben. Als nach dem teils forcierten, teils doch herzlichen Abschied Wohlgethan davongefahren war, trat Wislizenus in das Wirtshaus zurück und bat um Kaffee. Die Wirtin ging an ihre Arbeit, Wislizenus streifte die Landstreicherin mit einem prüfenden Blick, gewahrte dann, daß ihre Augen unter zusammengewachsenen Brauen schielten, was sie weniger entstellte, als ihr einen phantastischen, wilden Ausdruck verlieh.

Als sich Wislizenus wieder in dem hinteren Zimmer an den Tisch setzte, wo inzwischen die Spuren des Mittagessens abgeräumt waren, folgte ihm der Wirt und begann in vertraulicher und zynischer Weise zu schwatzen. »Meinen Sie wohl, daß ich die wegkriege, Herr Doktor?«

Wislizenus tat, als ob er nur aus Höflichkeit fragte: »Was hat es denn für eine Bewandtnis mit dem Frauenzimmer?«

»Nun lassen Sie sich erzählen«, sagte der Wirt. »Sie kam gestern nachmittag so gegen vier, kann auch halb fünf gewesen sein, es dunkelte schon, mit einem Kerl hier an: ob sie über Nacht bleiben könnten. Haben Sie Schlafgeld und Papiere? frage ich; das war alles in Ordnung – ich muß von Polizei wegen die Frage stellen, woher so ein Plunder die Papiere hat, geht mich nichts an. Ich kann auch gerade Arbeiter brauchen, ich habe noch Rüben draußen, und meinen Knecht brauche ich zum Pflügen, und also, schön, sagte ich ihnen allen beiden, daß sie ein paar Tage Arbeit haben könnten.«

Wislizenus unterbrach den Wirt: »Ich könnte wohl auch meinen Garten anfangen umzugraben.«

»Schönes, fruchtbares Wetter, versteht sich«, sagte der Wirt. »Ja, also die beiden setzten sich, genau da an den Tisch, wo das Frauenzimmer jetzt sitzt; was der Kerl war, war ein statiöser Mensch, einen Kopf größer als ich, sie redeten nicht viel miteinander, mit einemmal war meine Karline verschwunden. Der Kerl denkt offenbar, sie ist schon in den Stall zum Schlafen, und geht nach. Wie er die Stalltür aufmacht und die Laterne hebt, hat er seine Bescherung. Da liegt sie mit dem Hausknecht im Heu. Und nun, denken Sie, der Kerl, der das doch gewohnt sein muß, kriegt einen Rappel, schlägt die Stalltür zu, ohne ein Wort zu sagen, und geht davon. Das Weibstück kam nachher wieder in die Stube und wartete bis in die halbe Nacht, aber wer nicht kam, war der Kerl. Ja, nun kriege ich sie nicht weg. Sie will warten, bis ihr Andreas wiederkommt.«

Indem trat die Wirtin mit dem Kaffee ins Zimmer, der Wirt unterbrach sich, machte sich zu schaffen, und Wislizenus geriet darüber, und als er den bleichen, aufgeschwemmten Menschen mit der zarten, sauberen Frau verglich, auf den Verdacht, daß nicht der Hausknecht, sondern der Wirt selbst in seiner offenbar verwilderten und wahllosen Sinnlichkeit den Weg ins Heu gefunden hatte.

Die Wirtin trat in die zur Gaststube führende Tür, kreuzte die Arme über dem Leib und betrachtete eine Weile die Landstreicherin. Eine Regung von weiblichem Mitleid mochte über sie gekommen sein, und sie sagte: »Der Herr hier weiß etwas von Ihrem Mann, er hat ihn gestern abend noch gesehen.«

Auf das hin polterte die Frau aus ihrer Ecke hervor und streckte ihren grotesken, mit dem Hut bedeckten Kopf zu Wislizenus ins Zimmer. Der sah flüchtig auf und warf hin: »Er sprach um eine Gabe an, machte Krach und ging dann weiter, nicht zum Dorf zurück, sondern in den Wald.« Die Wirtin erläuterte: »Herr Doktor wohnt draußen, nicht weit vom See.«

»Er ist ins Wasser gegangen«, schrie die Landstreicherin, »ich habe es gewußt. Wie ich sein Gesicht gesehen habe, habe ich gewußt, der tut sich was an.« Sie trat aufgeregt, mit der rechten Faust auf die linke schlagend, ganz ins Zimmer. Aber der Wirt faßte sie beim Arm und geleitete sie wieder auf ihren Platz. Wislizenus hörte ihn sie energisch, aber leise zurechtweisen, wie man einen Hund kuscht. Er zahlte und verließ das Wirtshaus zur Hintertür und hielt den direkten Weg nach seinem Hause.

8

Auf dem Wege fiel ihn eine Pein an, deren er nicht Herr wurde. Seine Tat, die er als ein vollkommenes Nichts vor sich und dem Weltlauf durchsetzen wollte, wuchs ihm vor Augen mit der Schnelligkeit, wie etwa ein mörderischer Wucherpilz in einer kinematographischen Darstellung. Schon nahm das bloß Kriminalistische unbequeme Dimensionen an, noch war ja der Tote nicht gründlich vor nachforschenden Augen verborgen und eigentlich kaum etwas geschehen, die Spuren des Ereignisses zu verwischen. Gestern abend, als er sich die Arbeit auf zwei Nächte verteilte, hatte er geglaubt, ein Tag sei eine geringe Spanne Zeit; jetzt aber schien ihm der halbe Tag, sowohl der hinter ihm lag, als der noch vor ihm lag, in aufdringlicher Weise die Länge seiner Stunden vorzudehnen. Prüfte er die ganze Lage, so mußte er sich gestehen, daß es nur einer winzigen Änderung seiner Willenskraft bedurfte, und sie war in einem Augenblick noch vollkommen ungefährlich, im nächsten fast schon verzweifelt. Über diese kleine Änderung war er nicht mehr Herr. Gestern hatte er die Tötung eines Menschen mit einem Blick wie aus zehntausend Meter auf die Erde angesehen, heute fühlte er sich versponnen und gegen allen seinen Stolz in das Getriebe niedergezwängt.

Dennoch erreichte er es immer wieder, seine Kaltblütigkeit zurückzugewinnen und sich klarzumachen, wie unwahrscheinlich es wäre, daß im bürgerlichen Sinne ihm irgend etwas Verhängnisvolles passieren könnte. Schließlich war Wohlgethan der einzige, der zu fürchten gewesen wäre, und, dessen war er sicher, der würde den Mund nicht eher auftun, als bis ihn einmal das dichterische Gewissen jückte. Der würde nicht eher ihm, dem Freund Wislizenus, den Strich unter die Rechnung setzen, als bis er es mit der nötigen biographischen Emphase tun könnte, oder wenn es ihm sonst bequem wäre, ihm sonst zu einer Attitüde verhülfe. Hat jemals ein Dichter eine ehrliche Empfindung gehabt, und wenn er sie hatte, ist er ihr reinen und einfachen Sinnes gefolgt?

Wislizenus fühlte böser und milder als in der vergangenen Nacht den unbändigsten Haß, nicht nur gegen Wohlgethan, sondern gegen die Dichter und ihre Werke überhaupt in sich aufzucken; einen so übermächtigen, daß er die körperliche Erregung der Wollust an sich erlitt; zugleich den Haß der Ohnmacht, aller Welt die Wahrheit über die Nichtigkeit, Eitelkeit und Lügenhaftigkeit der Dichter *beweisen zu können*. In einem gemalten seelenvollen Auge steckt mehr Seele, als in allen aufdringlichen Dichtungen zusammengenommen – und welch ein Betrug ist noch dieses gemalte Auge! Wislizenus ging Schritt auf Schritt in diesem Gedankengang weiter, der ihm wieder alle Erscheinungen vernichtete, indem er alle wirklich nahm. Und damit gewann er auch wieder ein Mittel, seine Tat in eine Bagatelle zu verwandeln, nur daß es nicht mehr mit Stolz, sondern mit Bitterkeit und Verzweiflung geschah.

Aber hierbei fiel ihm unversehens ein, daß die Landstreicherin in den Augen ihres Gefährten den Selbstmord gesehen hatte; und so abergläubisch wie die Verbindung auch anmutete, seine Tat, sinnlos für ihn selbst, bekam für das Schicksal des Vagabunden eine mehr als zufällige, eine geheimnisvoll vorbestimmte Bedeutung. Wo er am freiesten gewesen zu sein glaubte, bei einer ungeheuerlichen Handlung fast ohne Motiv, da also wäre er das unfreieste Ding gewesen, ein Werkzeug in der Hand eines Dämons, ein Ziegel, den der Sturm vom Dach auf einen Menschenkopf schmettert. Und wie sehr er sich auch dagegen sträubte, die nicht bezweifelte Notwendigkeit des Weltganzen schon in einem einzigen Teile abgeschlossen offenbar zu sehen, und so sehr er dieses als Aberglaube und Schwachsinn verwarf, er hatte fortan keine Geistesmacht mehr dagegen.

Zu Hause angekommen, wurde er von dem schweigsam beredten Einverständnis seiner Wohnung wieder zur Ordnung gebracht. Er kleidete sich um, legte eine derbe, blauleinene Arbeitshose und eine gleichfalls leinene, weiße Jacke an und machte sich daran, seinen Garten umzugraben. Der Stall lag mit dem Giebel, in welchem die Tür war, nach dem Hof zu, mit der Front zum Garten hin. Hier war in einer Ecke ein Komposthaufen angelegt, und in dessen Nähe begann Wislizenus ein Grab auszuheben. Abwechselnd schaufelte er an der Grube und warf in dem von draußen sichtbaren Teil des Gartens seine regelrechten Spatenstiche um; so hatte er sich in der vergangenen Nacht seine Arbeit eingeteilt. Da er die verrotteten Blätter des Komposthaufens als Dung in den Garten eingrub, war das Hin- und Wiedergehen, falls ihn jemand beobachtet hätte, begründet. Aber es kam, wie gewöhnlich, den ganzen Nachmittag über niemand dort hinaus, die Arbeit selbst machte ihn tüchtiger und enthob ihn jeder Angst, und als es zu dunkeln anfing, ließ er den Garten im Stich und vollendete, wiewohl zitternd von der großen Anstrengung und unter strömendem Schweiß, das Grab in kurzer Zeit; die Wurzeln eines Apfelbaums, die die Stätte des Grabes durchzogen, machten ihm, da der Spaten nicht scharf genug war, besonders zu schaffen.

Was ihm aber jetzt noch bevorstand, das erfüllte ihn zugleich mit Schauder und mit einer tiefen Verlockung. Er ließ die volle Nacht herankommen, ehe er sich in den Holzstall begab. Seine entzündete elektrische Taschenlampe legte er auf den Hauklotz, räumte die Kisten beiseite und hatte nun, wovor ihm gebangt und wonach er verlangt hatte, den Toten vor Augen. Er bezwang sich und sah hin. Was er sah, schien ihm infolge des schwachen und magisch bläulichen Lichtes weniger schreckhaft, als es in Wirklichkeit war. Das Gesicht des Toten hatte nicht die erdige Vergeistigung, die sonst über einem toten Gesicht liegt, sondern es schimmerte in einer unwirklichen Transparenz aus dem schwarzwuchernden Bart hervor. Nur die Augen, die Augen standen offen. Und Wislizenus deckte sein weißes Tuch über das Gesicht. Dann machte er sich daran, wie gestern rückwärtsschreitend, den Toten hinauszutragen, und die Schwäche, die ihn dabei überfiel, war fürchterlich. Er konnte sie nur überwinden, indem er den Körper des Mannes immer fester gegen sich drückte, der Gedanke übermannte ihn: nur die Liebe kann eine solche Last tragen.

Es gelang ihm, den Toten in sein Grab zu betten. Es war neblig wie gestern, und über dem Nebel funkelten die Sterne fast schon winterlich. So schwach das Licht davon auch war, genügte es ihm doch, das Grab zuzuschaufeln, die Spuren durch Würfe von dem Komposthaufen zu bedekken. Dann versorgte er sein Haus und sein Gerät, kam in sein Zimmer und setzte sich an seinen Tisch. Er fing zu zittern an, warf den Kopf im Stuhl zurück und gab sich, von den ersten spärlichen Tränen fast verbrannt, der erlösenden Verzweiflung hin.

Aber die Nacht brachte er nicht eigentlich in Verzweiflung zu Ende, sondern sein Gefühl glich am ehesten der Trauer, einer breiten, nicht ganz von Selbstgenuß freien, musikalischen Trauer. Er versuchte sich über das ganze Bett hinzudehnen, und ob er auf dem Rücken oder auf der Brust lag, immer hielt er die Arme weit ausgebreitet. Dabei wich das Bewußtsein nicht von ihm, daß die gegenüberliegende Kammer, daß das ganze Haus leer war, er selbst Alleinherrscher in seinem nächtigen Bereich. Nur die kurzen Schlummerunterbrechungen seiner hingebungsvollen, bitteren Bereitschaft endeten immer mit derselben quälenden, unbeschreiblich erschlaffenden Nüchternheit. Und wie er in der vergangenen Nacht das Bild des Mannes mit den Buchenscheiten nicht hatte abwehren können, so in dieser nicht die Vision eines Grabes in seinem Garten, eines regelrecht aufgeworfenen Grabhügels, dessen Decke und Böschungen mit noch erkennbaren flachen Spatenschlägen geglättet waren und das mit Kränzen und besonders mit einer Anzahl trivialer Palmenwedel gehörig prangte und trauerte.

Früh war er auf den Beinen, und als das Mädchen mit Brot und Milch vom Dorfe kam, hatte er sich längst im Garten warm und frisch gearbeitet. Er hatte es sich abgerungen, über die Stelle des Grabes hin und her zu gehen; und als sie ihn zum Frühstück rief, stieß er den Spaten in den Boden, holte sich vor ihren Augen eine Harke und reinigte die ganze Ecke des Gartens von den herumliegenden Klumpen der verwesenden Blätter und anderer Bestandteile des Komposthaufens. Er erklärte ihr, daß er die Beete für Gemüse und Blumen zugunsten eines Standes von Nadelbäumen, die er im nächsten Frühjahr setzen wolle, unwirtschaftlich genug, beschränken werde, und folgte ihr dann ins Haus. Als er auf seinem Tische die derben, spröden Äpfel in ihrem braunen Korbe vorfand, ging ihm für einen Augenblick die Sicherheit aus, er fühlte es in seiner Kehle würgen, und es war ihm, als ob er in seinem ganzen Leben keinen Apfel mehr essen würde.

Das indessen war vorläufig seine letzte Prüfung. Denn nun dehnte sich der Tag, dehnten sich die Tage ins Leere vor ihm aus. Die Ungeduld, die ihn erfaßte, war die der Langeweile. Er las und schrieb ohne Ausdauer, unterbrach jede Tätigkeit durch eine andere und war ohnmächtig, sich das geringste Ereignis auszumalen, das seinen Zustand hätte durchbrechen können.

## 9

So ging die Woche zu Ende und dann der Sonntag, von dessen Ruhe und Waffenstillstand unmerkliche Spuren selbst bis zu ihm drangen. Am Montagmorgen fiel ihm, er wußte nicht was, im Betragen seiner jungen Magd auf; mittags kam überraschenderweise ihr Vater zu ihm heraus. Es war ein kleiner und behender, sonst nicht auf den Mund gefallener, dreister Mann, der aber dieses Mal vor Wislizenus erst die Mütze drehte und verlegene Redensarten machte, ehe er seine Sache vortrug. Und kurz und gut, er kündigte dem Herrn Doktor den Dienst seiner Tochter auf, ja sogar: obwohl Herr Doktor zweifelsohne nie anders als sorglich und freundlich gegen das junge Ding gewesen wären, müsse er als verantwortlicher Vater doch bitten, das Kind schon heute aus der Stellung zu lassen und am besten gleich mitzugeben.

Wislizenus, der über das unerwartete Verlangen sehr betreten war, fühlte sich auch nicht beruhigt, als er die Gründe des Mannes erfuhr. Jene Landstreicherin, die er im Wirtshaus gesehen hatte, war, trotz alles Lamentierens, von dem Wirt davongejagt worden. Allgemein war man der Ansicht, daß ihr Gefährte sich keineswegs ein Leid angetan, sondern wahrscheinlich, wie sie beide gewollt hatten, sich nach Berlin aufgemacht hätte. Sie schien es zu glauben, ließ sich vom Wirt die Papiere aushändigen und zog davon. Bald aber stellte sich heraus, daß sie die Gegend nicht verlassen hatte. Sie war hier und da gesehen worden, niemand wußte, wovon sie sich nährte, vielleicht ging sie über Tags in benachbarte Dörfer betteln; so viel war sicher, daß sie sich immer wieder in der Umgebung einfand, daß sie in Torfhütten oder Heumieten oder wohl auch im Freien irgendwo übernächtigte. Und nun hatte es sich herausgestellt, daß Lüdriane von Knechten, zugezogenes Volk, das bei der Leutenot aufgenommen würde – nicht einen Schuß Pulver wert – hinter dem Frauenzimmer her wären. An den Abenden gingen sie truppweise auf ihren widerwärtigen Raub aus, die Wirtshaustüren klappten in einem fort, das Gejohle dauerte bis in die Nacht, und wenn sie zurückkämen, ließen sie keine anständige Frau, die ihnen begegne, ohne Unflätigkeit und handgreifliche Beleidigungen vorbei. Unter diesen Umständen sei es unmöglich, daß ein junges Mädchen, nun gar abends, sich getrauen dürfe, den weiten Weg hier von Herrn Doktor bis ins Dorf zu machen.

Das Mädchen hätte ja im Hause schlafen können, wie jede Magd; aber Wislizenus erinnerte sich, daß schon beim Mieten die Eltern das nicht hatten zugestehen wollen. Jetzt noch einmal den Vorschlag zu machen, wehrte ihm eine zornige Mutlosigkeit.

»Herr Doktor werden ja ohne Schwierigkeit etwas Passendes finden«, meinte der Mann. »Das braucht Ihre Sorge nicht zu sein«, erwiderte Wislizenus schroff. Er machte der Unterredung ein Ende, indem er das Zimmer verließ. Als er auf dem Hofe erregt hin und her ging, sah er Vater und Tochter zur Tür heraustreten, achtete aber ihrer Verlegenheit nicht, sondern ließ sie ohne Abschied ziehen.

Er war zornig, als ob er einer Undankbarkeit begegnet wäre. Sich sogleich einen Ersatz aus dem Dorfe zu holen, schien ihm dafür die rechte Strafe und Genugtuung; aber wiewohl er sich beim Auf- und Abgehen, heftig gestikulierend, diesen Beschluß einredete, wußte er, daß er ihn nicht ausführen würde. Er wußte, daß er irgendwo in seiner Seele einen unerwarteten, lähmenden Schlag empfangen hatte. Waren die Miene und Haltung des Mannes nicht drohend gewesen? War nicht eine versteckte, verstockte Feindseligkeit in der Entschiedenheit gewesen, mit der er seine Bitte vortrug? Wäre nicht die Heiterkeit in Wislizenus für immer zerstört gewesen, so hätte er keinen Sinn in der Drohung und Feindseligkeit gesucht – kleine Leute, die kündigen, nehmen leicht eine solche Miene an, wie der Vater des Dienstmädchens ihm gezeigt hatte. Aber Wislizenus mußte deuten und Zeichen sehen.

Er ging hinaus und prüfte die Zimmer und Kammern, öffnete Schränke, zog Schübe heraus, es war alles in Ordnung. In der Küche fand er in einer Schüssel Kartoffeln geschält, geschnitten und gewaschen, auf einem Teller Fleischstücke in Bröseln, eine Konservenbüchse mit Reineclauden geöffnet. Indem er das Geschäft, ein neues Mädchen zu dingen, aufzuschieben glaubte, beschloß er für heute, sich das Mittagessen selbst zu bereiten. Er zündete Feuer im Herd an, setzte die Kartoffeln im richtigen Topf zum Sieden hin, fand auch das Tischzeug und legte es auf. Dann briet er das Fleisch, es geriet auf der einen Seite zwar etwas schwarz, aber schließlich stellte er sich sein ganzes Mittagsmahl in leidlicher Sauberkeit auf den Tisch. Als er aber essen wollte, waren die Kartoffeln kalt geworden, das Fleisch war zäh, und der Appetit darauf ihm auch sonst durch den Geruch beim Braten verschlagen. Er hielt sich an die süßen Früchte, deren Zucker ihn erfrischte, die ihn aber doch nicht genug sättigten, um ihm seine beginnende Mutlosigkeit vor diesem Geschäft zu nehmen. Dann mußte er abräumen, das Geschirr reinigen, Wasser tragen, und als er sich endlich die Hände gewaschen hatte, war es längst vier Uhr vorbei. Die Zeit hatte ihm schon lange keine Früchte getragen, dennoch schien es ihm, als ob er sie erst jetzt verlöre. Es kam ihm das erstemal im Leben zum Bewußtsein, wieviel Arbeit, Treue und Entsagung dazu gehören, auch den kleinsten Haushalt zu führen, und er traute sich nicht zu, so viel für *einen* Menschen zu schaffen, wie seine schmale vierzehnjährige Magd für zwei geschaffen und dabei immer noch einen lebendigen Tag gehabt hatte. Als er Licht machte und die Haustür schloß, erinnerte er sich der Befriedigung, mit der er jeden Abend das Mädchen zu entlassen pflegte. Hatte die Hoftür nur erst geklappt, so war das Mädchen in die Nacht, in das Nichts zerstoben. Heute aber klappte die Tür nicht, und gerade heute fühlte er sich nicht allein. Er ersehnte ihren Schritt, das Kratzen eines Besens, das Klirren eines Tellers. Er sah ihre Gestalt vor sich, und indem er sich ruhelos durch die Zimmer trieb, wurde sie ihm, was sich bisher niemals angedeutet hatte, auch als Weib gegenwärtig. Und da geschah es nun, daß er, wie in einem Blitz, die Gefahr erkannte: wenn sie noch hier im Hause diente, so würde er sie, vielleicht heute, vielleicht morgen, irgendwann, aber sicherlich bald, überwältigen, zerstören, töten – und das war es, was ihr Vater gefürchtet und was ihn so drohend gemacht hatte!

So völlig grundlos der Verdacht auch war, so trug er doch das Seine dazu bei, daß Wislizenus nicht die Sicherheit fand, sich für Essen und Trinken und wessen er sonst bedurfte, aus dem Dorfe zu versorgen; gerade daß er es sich gefallen ließ, jeden Morgen einer Semmelfrau, die für ein paar Pfennige den Weg bis zu ihm hinaus nicht scheute, Weißbrot und Milch abzunehmen. Er erinnerte sich, im Laufe des Sommers einmal das Preisverzeichnis eines Berliner Versandgeschäftes bekommen zu haben, und suchte einen halben Tag lang nach dem Papier, fand es auch schließlich. Nun bestellte er sich durch die Post Vorräte und Konserven in einem Umfang, als ob es eine Expedition auszurüsten gälte. Die Sachen kamen, er fühlte sich freier, fühlte sich noch mehr auf einer Insel einsam und geborgen als vorher.

Und von nun an fegte er Haus und Hof, wusch und putzte er Geschirr, und kochte. Unter den Konserven waren Büchsen, die durch einen einfachen Handgriff in kleine Herde zu verwandeln waren, denen ihr Brennmaterial in Gestalt von festem Spiritus, als kleine, widerwärtig weiße Paste, beigegeben war; eine Vorrichtung, die Wislizenus besonders praktisch gedünkt hatte. Aber die auf diese Weise zubereiteten Speisen schmeckten fad und entnervt, und Wislizenus mußte sich wieder in das Hantieren mit Pfanne und Kessel schicken; anfangs tischte er sich die Speisen immer noch sorgfältig, und solange er Wäsche hatte, reinlich auf; aber es dauerte nicht lange, und er gewöhnte sich an den Schmutz. Er aß zuweilen aus der Pfanne, am Herde stehend; es kostete ihn jedesmal einen Entschluß, das Geschirr zu reinigen; war er aber erst dabei, so konnte er sich mit Arbeiten ähnlicher Art nicht genug tun. Stundenlang wühlte er dann in den Dachkammern alte Kisten mit modrigem Papier, Zeitschriften und broschierten Büchern um, bis er den Staub der Heiserkeit in seiner Kehle schmeckte und sich ihrer durch tiefes, knarrendes, sinnloses Sprechen vergewisserte. Oder er fegte den Hof gründlich wie eine Tenne, oder putzte die messingnen Türgriffe des ganzen Hauses.

So hielt er sich sein Anwesen in gutem Stande, er selbst aber verkam. Er rasierte sich nicht mehr die Oberlippe, schnitt sich nicht den Bart und ließ sein ganzes Gesicht von einer Wildnis zuwachsen, die er selbst noch um vieles unheimlicher und melancholischer glaubte, als sie war. Der Herbst blieb klamm und kalt, die Betten wurden feucht, und Wislizenus lernte, plump und geschlagen und jämmerlich zusammenzukriechen, wenn er schlafen wollte, und fröstelnd und müde, vor dem kalten Wasser scheu, in den Morgen zu schleichen.

Ein Brief, den er von Wohlgethan bekam, frischte ihn noch einmal auf. »Zugestanden«, schrieb der Dichter, »lieber Wislizenus, daß ein toter Landstreicher in der Wirklichkeit mehr wiegt als hundert tote Helden im Heldengedicht. Du hast mir eine Lehre gegeben, und es kann sein, daß ich dir dafür dankbar bin, ich weiß es nicht genau, – es kann ja auch sein, daß deine mit so vielem Aplomb an mich gebrachte Lehre nur eine glatte, bürgerliche Trivialität ist. Eine gemalte Rose riecht immer nur nach Öl und Terpentin, und von einem ganzen Snyders mit Wildschweinskopf, Rebhuhn, Fasan und Hummer, nebst Rettigen, Spargeln und blauen Riesentrauben wird kein Philister für einen Groschen satt. Zugestanden, daß eine Platzpatrone oder eine andere Patrone empfindlich laut und aufdringlich knallt. Zugestanden alle Weisheit, Sattheit und Überlegenheit. Soll ich deswegen Ingenieur werden? Etwa Elektrotechniker oder sonst etwas mit mathematischer Rechtfertigung? Ich kann zurzeit freilich, das gestehe ich dir offen, nicht arbeiten, die Verse fließen mir nicht, und wenn ich sie kriechen sehen soll – lieber sehe ich Raupen auf Kohlblättern kriechen. Dir wird das nicht besonders wichtig erscheinen, du bringst einen Landstreicher zu Fall und braust einen Abendtee. Ich aber –« und in ähnlichem Stile ging es sechs ganze groß, flüchtig und ohne Korrektur geschriebene Seiten lang. Es war ein recht pikierter Brief; gut so; *der* hatte seinen Hieb weg; *der* hatte ein Stückchen Menschenübermacht am eigenen Leibe erfahren.

Aber am nächsten Morgen empfing Wislizenus einen andern Brief von dem Dichter – aus einer andern Tonart.

»Ich habe dir gestern aus einer üblen Laune geschrieben, du wirst mir das Zeugnis ausstellen, daß das meine Gewohnheit nicht ist, und ich finde es heute selbst unbegreiflich, ich glaube, ich habe dir nicht einmal für den seltsamen, mich wahrhaft revolutionierenden Abend bei dir gedankt. Muß ich es Laune nennen? Es scheint mir treffender, von einer Krisis zu sprechen. Die Bilder stockten, stauten sich an einem Hindernis, schwollen gegeneinander in meiner Seele an, und ich fürchtete, daß sie sich ins Nichts ergießen würden. Da schrieb ich dir meinen Brief in Unmut, aber der Unmut war nur die Maske eines bitteren, sehr bitteren Verzagens. Immer wieder gibt es diese Augenblicke des Unterliegens, und gegen ihren Druck und ihre Schmach hilft doch die hundertfach gemachte Erfahrung nicht, daß sie vorübergehen wie ein Wölkchen, ja, daß in ihnen der neue Durchbruch der Kraft sich anzeigt. Eben dieses letzteren darf ich mich rühmen, gegen dich darf ich es. Mein Werk strömt, und strömt in das richtige Bette. Jetzt erst höre ich auch hinter jedem deiner Lobsprüche den Tadel, ich gebe dir recht und werde dich ins Unrecht setzen. Das Schiefe meiner Konzeption besteht darin, daß ich mit einem erdichteten Geschick eine erdichtete Welt heimsuche, ich werde eine wirkliche Welt heimsuchen. Mein kleines von der Pest geschlagenes Fürstentum wird nicht die Insel bleiben, die es jetzt ist, ich werde mich nicht darin tummeln, wie ein Knabe in einem Park. Dieses Fürstentum und sein Fürst und der Adjutant des Fürsten werden das Jahr 66 gegen Preußen mitmachen. Ich werde Modelle haben. Ich werde Bismarck in mein Gedicht miteinbeziehen. Ich sehe mit einem Schlage so tief in die Dinge, daß ich das Recht habe, zu richten. Ich werde wirklich an Dante rühren, und jetzt, wo ich das weiß, beunruhigt mich die Rivalität mit dem großen Schatten nicht im geringsten.«

Wislizenus las den Brief, der sich immer weiter in eine bald vage, bald mit tatsächlicher Kraft aufblitzende Hoffnung schwang, las und verstand ihn schließlich nicht mehr, so ungeheuer war die Gleichgültigkeit, die, schwer wie ein körperliches Übel, in ihm zu lasten begann. Nicht einmal der Enttäuschung war er noch fähig, daß auch Wohlgethan seiner Macht fortan entzogen war. Aber an diesem Tage kochte er sich kein Essen, sondern suchte mit stumpfem Eigensinn so lange in Küche und Kammer herum, bis er in einer Schublade einen Kanten glashartes Brot entdeckte, das er splitterweise mit den Zähnen abbrach und verzehrte.

Die Welt war inzwischen in den Winter gekommen, in einen trüben, kalt regnerischen Winter, dessen Tag sich nur wie ein müdes, blindes Greisenauge öffnete. Der Sonderling auf dem abgelegenen Hofe führte sein gemiedenes, aber übrigens nicht beargwöhntes Leben immer tiefer in den Schmutz hinein. Abwechselnd versagte er sich die Nahrung, und verfiel einer gierigen Wut, zu essen. Abwechselnd ließ er die Unsauberkeit im ganzen Hause wie einen pelzigen Schimmel wachsen, und fegte und scheuerte unermüdlich wie eine taubstumme Magd.

## 10

Eines späten Nachmittags, als er, menschlicher gefaßt als sonst in den letzten Wochen, vom Stall in den Hof und wieder zurück, immer sechzehn Schritte tat, klinkte es an der

Hoftür. Herein kam ein Weib in einem blau und rot gewürfelten, mit Schmutz bedeckten Umhang und mit einem formlosen Kapotthut auf dem Kopf, die Landstreicherin aus dem Wirtshaus. Ihre Augen schielten unter den zusammengewachsenen Brauen zu Wislizenus hin, er unterbrach seinen Gang nicht, und sie wagte sich weiter auf den Hof. Er ging ins Haus hinein und verließ es nicht vor dem nächsten Morgen. Da war sie weg, aber Wislizenus fand in dem Stall, den er längst nicht mehr verschloß, Anzeichen, daß sie darin übernächtigt hatte. Am Abend kam sie wieder.

Es dauerte nicht lange, und sie hielt sich über den Morgen hinaus auf dem Hof; nicht lange, und sie stand neben ihm in der Küche, als er eben aus der Pfanne mit dem Löffel zu essen begann. Sogleich holte er sich einen Teller, füllte von dem Inhalt der Pfanne die Hälfte darauf und ging mit dem Essen in sein Zimmer.

Sie blieb, sie wuchs ungeheuerlich in das Haus hinein, er kochte für sie. Und in einer Nacht fühlte er, daß sie im Hause schlief. Es war ihm unmöglich, sich vorzustellen, in welche Ecke sie sich hingelagert hätte; aber er fühlte, daß sie im Hause schliefe. Ihr Gesicht sah ihn mit einer entsetzlichen Verführung aus dem Dunkel an.

Am Morgen nach dieser Nacht wusch er sich zum erstenmal wieder mit Energie und nahm sowohl den ersten Schauder als auch die Erfrischung des kalten Wassers begierig an. Er ging hinunter, und der Eindringling war verschwunden. Wislizenus tat seine häuslichen Verrichtungen umständlicher und sorgfältiger als sonst, aß früher als sonst, und dieses Mal ungestört, zu Mittag und setzte sich darnach an seinen Arbeitstisch; las mit Anstrengung und Stolz, bis es dunkel wurde. Dann zündete er die Lampe an und las weiter.

Aber in der Nacht wußte er wiederum, daß der Gast im Hause war – sie lag auf dem Diwan im Arbeitszimmer, nirgend anders, roh, mit gelockerten Kleidern, sicherlich wach, ja mit offenen, horchenden, triumphierenden Augen. Sie wartete – indem er es wußte, ohne es zu wissen, war er in den Wirbel des Blutes gezogen, aus dem keine andere Macht als die des Zufalls rettet, und nicht mehr gegen den Aberwitz seiner Vorstellung, nur gegen ihren Sieg suchte er sich zu wehren. Er knirschte Schimpfwörter zwischen den Zähnen hervor, aber er hörte sie nirgends in seiner Seele, sie kamen nur aus der Gewohnheit der Sprache. Er rief die Frauen, eine nach der andern, die er geliebt und besessen hatte, in seine Phantasie, da ekelte ihn vor ihrer Gewaschenheit, vor ihrer Schönheit, vor den treuherzigen, täuschenden Augen. Es schien ihm: je blanker der Leib, je engelhafter das Angesicht, um so schauerlicher der Liebesvorgang, um so mehr Unzucht. Wahrheit ist nur im Tier, und zum Tiere macht den Menschen nur der Schmutz. Er hob sich auf, tappte hinunter und fand, wo er suchte, eine Schlafende.

Um die fünfte Stunde des nächsten Tages, wieder lesend und dieses Mal durch den abgestumpften Sinn vor Zerstreuung bewahrt, hörte er den Eindringling die Haustür öffnen. Er begann zu zittern, die Buchstaben der aufgeschlagenen Seiten gefroren zu einem formlosen Gallert.

Die Landstreicherin kam schwer, leise und klotzend herein, und das Unerhörte geschah, sie setzte sich zu ihm, gegenüber, an den Tisch. Sie lächelte zweideutig; und er starrte verzweifelt in ihre schielenden Augen. Immer mehr zu ihm hingezwungen, wie es schien, beugte sie sich über den Tisch vor, griff in ihre Brust und holte ein kleines Päckchen Papiere heraus. Es waren ihre und des abhanden gekommenen Landstreichers Polizeipapiere.

Wislizenus stand langsam und zitternd auf, er wollte sprechen, und zutiefst in seiner Seele sammelte sich noch einmal das Wort der Gesundheit und Kraft, nüchtern und übermächtig genug, das freche Weibsbild zu vertreiben. Aber je näher er das Wort zur Kehle bekam, um so sinnloser wurde es, er öffnete den Mund und stöhnte.

Die Frau spießte den Zeigefinger auf die Polizeipapiere und schob sie triumphierend auf dem Tisch ihm zu.

Das Wort erlosch vollends in seiner Seele, er ließ die Schultern sinken, und mit dem schweren Schritt, den man wohl annimmt, wenn man im plumpen Scherz einen überraschen will, ging er hinaus; das Weib neben ihm, an ihrer Brust, wohin sie die Polizeipapiere gesteckt hatte, wild und hastig knöpfend.

Auf dem Hof kehrte er noch einmal um, nach dem Hausflur zurück, dort stand in der Ecke, wohin er ihn gestellt, der Wacholderstock des toten Landstreichers. Niemandem, auch der Dirne nicht, war er aufgefallen. Wislizenus faßte ihn und wanderte hinaus. Als er, ohne Überrock, wie er war, fröstelnd sichtlich zusammenschauderte, drängte sich die Dirne an ihn und nahm auch seine Schultern unter ihren Umhang, und sie zogen in den Wald hinein. Aus dem Hause leuchtete die Lampe golden in die Nacht nach ihnen aus und erlosch in immer trüberem Schwelen kurz vor dem Anbruch des Tages.

# Günter de Bruyn

*Babylon*
Erzählungen. Band 11334

*Buridans Esel*
Roman. Band 1880

*Das Leben des Jean Paul Friedrich Richter*
Eine Biographie
410 Seiten mit 17 Abb. Leinen. S. Fischer
und als Band 10973

*Jubelschreie, Trauergesänge*
Deutsche Befindlichkeiten
205 Seiten. Leinen. S. Fischer

*Lesefreuden*
Über Bücher und Menschen
Essays. 335 Seiten. Leinen. S. Fischer

*Märkische Forschungen*
Erzählung für Freunde der Literaturgeschichte
152 Seiten. Geb. S. Fischer und als Band 5059

*Mein Brandenburg*
Mit Fotos von Barbara Klemm
Etwa 160 Seiten. Leinen. S. Fischer *(erscheint im Herbst '93)*

*Neue Herrlichkeit*
Roman. 216 Seiten. Leinen. S. Fischer und als Band 5994

*Preisverleihung*
Roman. Band 11660

*Zwischenbilanz*
Eine Jugend in Berlin. 380 Seiten. Leinen. S. Fischer

## Fischer Taschenbuch Verlag

fi 65 / 8

# Erzähler-Bibliothek

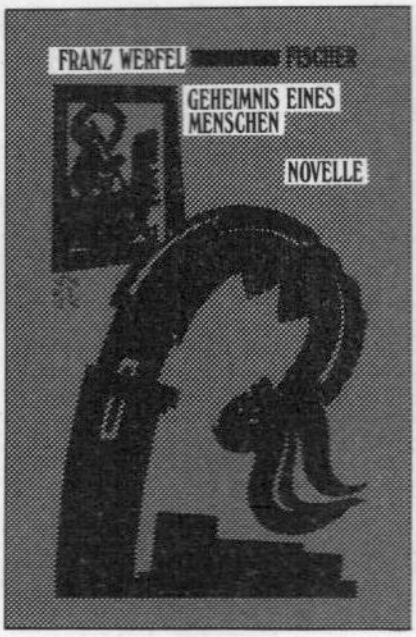

William Saroyan
Traceys Tiger
*Roman*
*Band 9325*

Arthur Schnitzler
Frau Beate
und ihr Sohn
*Eine Novelle*
*Band 9318*

Anna Seghers
Wiedereinführung
der Sklaverei
in Guadeloupe
*Band 9321*

Isaac Bashevis Singer
Die Zerstörung
von Kreschew
*Erzählung*
*Band 10267*

Adalbert Stifter
Abdias
*Erzählung*
*Band 10178*

Mark Twain
Der Mann,
der Hadleyburg
korrumpierte
*Band 9317*

Jurij Tynjanow
Sekondeleutnant Saber
*Erzählung*
*Band 10541*

Franz Werfel
Eine blaßblaue
Frauenschrift
*Erzählung*
*Band 9308*

Geheimnis
eines Menschen
*Novelle. Band 9327*

Edith Wharton
Granatapfelkerne
*Erzählung. Band 10180*

Patrick White
Eine Seele von Mensch
*Short Story*
*Band 10710*

Oscar Wilde
Der Fischer
und seine Seele
*Märchen. Band 11320*

Virginia Woolf
Lappin und
Lapinova
*Fünf Erzählungen*
*Band 11027*

Carl Zuckmayer
Eine Liebesgeschichte
*Band 10260*

Der Seelenbräu
*Erzählung. Band 9306*

Stefan Zweig
Angst
*Novelle. Band 10494*

Der begrabene Leuchter
*Legende. Band 11423*

Brennendes Geheimnis
*Erzählung. Band 9311*

Brief einer
Unbekannten
*Erzählung. Band 9323*

## Fischer Taschenbuch Verlag

fi 669/6c